Algum lugar em parte alguma

Algum lugar em parte alguma

Nelson de Oliveira

EDITORA RECORD
RIO DE JANEIRO • SÃO PAULO
2006

CIP-BRASIL. CATALOGAÇÃO-NA-FONTE
SINDICATO NACIONAL DOS EDITORES DE LIVROS, RJ.

O48a
Oliveira, Nelson de, 1966-
Algum lugar em parte alguma / Nelson de Oliveira. – Rio de Janeiro: Record, 2006.

ISBN 85-01-07161-7

1. Conto brasileiro. I. Título.

06-1549
CDD – 869.93
CDU – 821.134.3(81)-3

Copyright © Nelson de Oliveira, 2006

Capa: Tereza Yamashita

Direitos exclusivos desta edição reservados pela
EDITORA RECORD LTDA.
Rua Argentina 171 – Rio de Janeiro, RJ – 20921-380 – Tel.: 2585-2000

Impresso no Brasil

ISBN 85-01-07161-7

PEDIDOS PELO REEMBOLSO POSTAL
Caixa Postal 23.052
Rio de Janeiro, RJ – 20922-970

EDITORA AFILIADA

Sumário

Senhora aos domingos   7

Pobre patinho Frank, cheio de si e de vento   27

Marli   63

Algum lugar em parte alguma   87

Os antepassados, os porcos   143

O irmão brasileiro   237

Todos por um   283

Sobre o autor   285

Senhora aos domingos

Todos os domingos Madalena tira da caixa seu chapéu predileto, de cor indefinida, ora vinho escuro, ora cinza quente, com uma discreta pluma na lateral, veste-se com a melhor peça do guarda-roupa, um vestido cheirando a dezembro, vermelho e amarelo, e, depois de escancarar as janelas para que os primeiros raios da manhã possam incinerar seu quarto, desce as escadas do hotel onde mora há vinte e sete anos e dirige-se quase que instintivamente em direção ao parque, bom dia seu Estevão, bom dia dona Matilde, bom dia seu Antônio, cortando caminho pela feira de antiguidades, que todos os domingos se espraia na frente de seu hotel, e enchendo de bons-dias o coração dessa gente tão afável, ela também não deixando de ser mais uma antiguidade entre as demais, o sol radiante como sempre, afinal é domingo, todos os domingos Madalena põe seu chapéu, sempre o mesmo chapéu de feltro, veste-se com a melhor peça do guarda-roupa, sempre o mesmo vestido vermelho com grafismos

SENHORA AOS DOMINGOS

amarelos, escandaloso, e vai, contando o número de azaléias que a acompanham ao passar ao largo de determinado edifício, o número de coqueiros enfileirados no canteiro que separa as duas pistas da avenida, o número de degraus que ligam a rua Maria Antônia à praça Gaspar Dutra, até o parque, até seu banco de madeira predileto, esse em que ela senta todos os domingos, posicionado diante do chafariz, tendo a lagoa à esquerda, o coreto à direita, a pista de corrida atrás e o extenso gramado à frente, sentada numa das pontas do banco Madalena abre a sombrinha — afinal, apesar de ninguém ter se lembrado de mencioná-la, ela jamais se esquece da sombrinha laranja com babados brancos, nem do colar de pérolas falsas — e põe-se a observar as pessoas ao seu redor, feliz por estar mais uma vez no local mais quente e agradável do continente, no centro do universo, um chapéu de palha com uma fita azul rola, levado pelo vento, na direção do lago, em seguida uma menina com um vestido azul combinando com a fita do chapéu passa correndo, vai no seu encalço aos gritos, ela corre tanto que logo cruza a frente do chapéu, não consegue parar, tropeça e cai na grama, ao cair, o dito-cujo, ainda à mercê do vento, torna a passar por ela sem se desviar um milímetro sequer da direção do lago, a menina não chora, não fala nada, levanta-se de um pulo, corre e novamente cerca-o, ao tentar pegá-lo ele escorrega por entre suas pernas,

ALGUM LUGAR EM PARTE ALGUMA

ela se vira, ele, dando meia-volta, torna a escorregar, ela solta um gritinho de excitação e se joga sobre ele, como um goleiro que estivesse sofrendo sucessivos dribles do atacante adversário, conseguindo apanhá-lo finalmente, para o alívio de Madalena que só então volta a respirar, a menina retorna saltitante, passando na frente do banco, o chapéu muito bem enfiado na cabeça e uma das mãos sobre ele, por precaução, pelo menos até que pare de ventar, o parque é grande e muita gente estranha passeia nele, Madalena observa de longe um grupo de velhos na orla da lagoa, todos parados, seis ou sete estátuas saídas de algum asilo das redondezas, olhando o espelho ondulante, como se dezenas de pedrinhas houvessem acabado de ser atiradas nele e, em vez de fragmentá-lo, tivessem apenas formado vários pontos em sua superfície, velhos muito bem-vestidos, eles de terno e gravata, elas, como Madalena, de sombrinha e chapéu, o vento mexendo com suas saias, com as fitas e os babados, vento por todos os lados, levantando e levando folhas secas daqui para lá, movimentando o mundo e os devaneios, os velhos, por outro lado, estáticos, não se mexem, apenas olham o fundo da lagoa, talvez desejando se atirar dentro dela, um dálmata se aproxima mansamente do mais velhinho do grupo, um senhor encurvado, pré-histórico, apoiado numa bengala de mogno, alheio a tudo, aproximando-se mansamente o dálmata começa a farejar o traseiro

SENHORA AOS DOMINGOS 11

do velho que num pulo põe-se na defensiva, ofendido, filho da puta deviam proibir a entrada de vira-latas nos parques públicos, os outros velhos viram-se pra ver o que é que está acontecendo, o velhinho farejado espanta o dálmata com a bengala e, devido ao movimento brusco, quase cai n'água, o dálmata afasta-se um pouco, pára e fica olhando o grupo a uma distância segura, fica olhando olhando, o olhar tão perdido nos velhinhos quanto o destes na lagoa, como se tentasse se lembrar de alguma coisa, alguma coisa há muito esquecida, mas não consegue, ou não pode, afinal jamais foi dado aos cães lembrar-se do que quer que seja, pelo menos não aos domingos, os integrantes da banda dominical vão chegando aos poucos, já são quase nove horas e Madalena, ao vê-los tão apressados e sorridentes, não consegue deixar de pensar como é engraçado o uniforme desses senhores, de cetim azul-marinho com galardões vermelhos — apesar de que pode muito bem ser de qualquer outro material, até mesmo de plástico —, pequenas escovas laranjas nos ombros, cordões brancos cruzando o peito, cinto cinza e botas pretas, boné também azul-marinho, traje parecido com o que os bravos soldados da sétima cavalaria devem ter usado antes de serem massacrados pelos sioux, moicanos, txucarramães ou seja lá por quem, o bumbo e três trompetes saúdam-se jovialmente, saltitam e valsam como adolescentes apesar de também eles terem bem mais de meio século de idade, estão todos ao redor do coreto, agora estão todos dentro do coreto, cada um ajeitando sua partitura, solenes e silenciosos, na certa se preparando para a estréia da *Nona sinfonia* ou de alguma tetralogia wagneriana recém-descoberta, mas o que vem em seguida, do sopro e da percussão, é o mais delicioso tango que Madalena jamais ouviu em toda a sua vida, ainda que seja o mesmo tango ouvido por ela domingo retrasado, ainda que seja o mesmo tango com que a banda abre os concertos domingo sim domingo não, a música cai sobre as pessoas naturalmente, ressaltando o que há de melhor nelas, suas roupas, seus penteados, a cor de cada um, de cada objeto, verde, amarelo, vermelho, cinza, destacando-as, como costumava acontecer nas antigas fotos de família, antes tão esplendorosas hoje tão desbotadas, depois do bolero vem uma valsa, depois da valsa uma polca, as crianças formam um cinturão em volta do coreto e põem-se a rodopiar, a princípio devagar, depois com tanta velocidade que Madalena tem de fechar os olhos para não sentir vertigem — Madalena sempre sente vertigem ao ver as crianças rodopiar —, uma garota de moletom azul senta na outra ponta do banco, não tarda e um rapaz de bermuda e camiseta vem encontrá-la, saindo da pista de corrida e sentando ao seu lado, exausto, o rosto pegando fogo, a garota tira de uma bolsa uma toalha e joga-a no peito do rapaz para que este possa

SENHORA AOS DOMINGOS 13

enxugar o suor, Madalena empertiga-se sem dar na vista, a fim de ouvir o que dizem, todos os domingos Madalena tira da caixa seu chapéu predileto, veste-se com a melhor peça do guarda-roupa e, depois de escancarar as janelas, desce as escadas do hotel onde mora há vinte e sete anos e dirige-se quase que instintivamente em direção ao parque, a fim de ouvir subrepticiamente o que as pessoas têm a dizer umas às outras, sempre que você deixa os tênis em cima da cama é como se eu voltasse no tempo então eu experimento novamente todas as vezes que meu irmão fez o mesmo quase sempre depois da aula de educação física que coisa nojenta tirar as meias suadas os tênis e deixá-los em cima da cama a tevê ligada um pacote de salgadinhos numa mão uma coca-cola na outra, o rapaz, no entanto, não dá a menor bola ao que a garota lhe diz, depois de enxugar o suor da testa e do pescoço atira a toalha de volta na bolsa aberta, reforça o laço dos tênis e volta para a pista de corrida, sem dizer uma só palavra, a garota resmunga qualquer coisa, fecha a bolsa, levanta-se e vai embora, talvez para casa, talvez para o apartamento da mãe, talvez pro inferno, deixando Madalena a ver navios, as orelhas sintonizadíssimas como radares em tempos de ataque aéreo, logo que a garota se vai um casal de velhos senta ao lado de Madalena, não exatamente ao lado, uma cesta de piquenique de quase um metro de largura separa-a do casal,

14 ALGUM LUGAR EM PARTE ALGUMA

mesmo assim, na certa por ela estar com os sentidos bastante aguçados, o intervalo que os separa não impede Madalena de ouvir sua conversa, porém eles pouco falam, estando como estão absortos na deslumbrante valsa vienense que vem do coreto, a trilha sonora mais adequada para o desfile de pantalonas, bermudas, regatas, minissaias, tomara-que-caias, miçangas, gargantilhas, chinelos, tamancos e sandálias que de uma hora para outra, sabe-se lá saído de onde, passa a turvar a visão que os três, sentados a poucos metros do coreto, têm dos músicos, eclipsando-os, Madalena, cercada de tamanha multidão, sente-se cheia de vida, inebriada com o mimetismo dessa gente cuja diversidade cromática a deixa quase cega, uma menina de uniforme escolar dá a volta no banco, rindo e gritando, fugindo de um amigo invisível, que é que uma menina estaria fazendo uniformizada em pleno domingo?, os três no banco parecem estar se perguntando a mesma coisa, subitamente quinze outras meninas, todas de uniforme, passam em desabalada carreira, rindo a bandeiras despregadas, dão a volta no banco, talvez porque estejam fugindo de uma matilha ou de algum duende, sempre às gargalhadas, fazendo Madalena levar instintivamente as mãos à boca, ai!, no rastro da garotada vem a professora, parem com essa algazarra todas em fila deixem de ser malcriadas, no rastro da professora, trazidas pelo vento, vêm folhas de todo tipo, trevos-de-quatro-folhas, melindres, cissus, dracenas-listradas, comigo-ninguém-pode, fitônias, tinhorões, todas rebolando ao som do samba-canção que a banda despeja sobre o público, quando a nuvem de interferências se dissipa a atenção dos três no banco recai mais uma vez sobre a vasta extensão de grama parcialmente ocupada por toalhas de piquenique de todos os padrões, xadrez, listradas, com bolinhas amarelas, de repente a figura sui generis de uma senhora vestida com trajes pesadíssimos, à Luís XV — sapatos afivelados, meias e mangas com babados, lenço de seda bordado com delicadas filigranas, além de uma sombrinha com cabo de marfim —, aproxima-se do banco e pára a uns dois metros de Madalena apenas para enxugar o suor da testa, o rosto pálido de tanta maquiagem, quase tão branco quanto a peruca que está usando, palidez que o deixa com certo aspecto de felicidade e imponência difícil de se encontrar hoje em dia, esse rosto exageradamente afetado, como se ela tivesse acabado de receber de algum ministro francês o título de *Chevalier des Arts et des Lettres*, que é que estará passando pela cabeça dessa mulher?, ela tem vontade de tirar da bolsa o maço de cigarros, e do maço um cigarro, mas não o faz porque sempre teve a convicção de que mulher não deve fumar, pelo menos não em público, ela parece preocupada, suas mãos não param de consertar o laço de uma fita, a dobra de uma manga, de vez em quando tira da bolsa — não os cigarros — o estojo de maquiagem a fim de se olhar no espelhinho, arranca um cílio, limpa uma mancha de batom, o suor da testa, que quarto é esse que aparece em seus pensamentos?, talvez se as cortinas fossem abertas seus contornos se fizessem mais nítidos, mas ninguém se arrisca a abrir as cortinas, os empregados nem sequer se aproximam da porta pois têm ordens severas de não incomodar a mulher que está aí dentro, o telefone toca em algum lugar, no corredor ou na recepção do hotel onde a mulher mora há mais de sete anos, alguém dá três batidinhas na sua porta, ela é chamada pelo recepcionista, palavras furtivas são trocadas ao telefone sob o olhar curioso de estranhos no hall de entrada, agora a mulher não está mais no hotel, ela está no parque olhando as crianças que brincam no playground, a banda, os ciclistas, os patos na lagoa, se perguntando, de onde o mundo tira energia para se manter sempre alegre e colorido?, se perguntando e esperando, ela está à espera de quê?, das entidades mágicas, subterrâneas, que vivem sob as plantas e as pedras?, um homem, saindo do grupo de bancos, vai na sua direção, a mulher abre um delicioso sorriso ao vê-lo, teriam ambos um nome?, Madalena acredita que sim, até mesmo o ser mais insignificante da terra tem um nome, seus passos são leves porém decididos, o sol da manhã resplandece na ponta de seus sapatos limpos e engraxados, ele passa na frente do banco onde Madalena está sentada, logo se vê que esse homem e essa mulher são de dimensões totalmente diferentes, enquanto ela desfila seus trajes de duzentos anos atrás, ele se veste como um típico cidadão de sua época, blazer azul-marinho de lã, jeans branco e camisa listrada de algodão, óculos, cinto, cueca, meias e sapatos, a mulher assim que o vê fecha a sombrinha e corre na sua direção, os dois se encontram no ponto mais ensolarado do parque, ele, todavia, não a recebe com tanta efusividade, limitando-se a beijá-la na face, um toque de lábios tão asséptico, tão leve, que a deixa profundamente decepcionada, Madalena, antenas ligadas, tenta ouvir o que estão dizendo, mas há muito ruído em volta, difícil entender o que dizem, ou estariam falando em outra língua?, os dois parecem estar se comunicando por meio de um imbróglio fonético típico das tribos mais primitivas do Quênia, pois tudo o que Madalena consegue ouvir são palavras de cinema mudo, sem nenhum sincronismo com o movimento dos lábios, como numa dublagem malfeita, desapontada, Madalena passa a ler suas feições, o movimento de suas mãos, de seus corpos, como se conhecesse a fundo a linguagem dos surdos-mudos, gestos, dêem-me gestos repletos de significado, ela lhes pede com os olhos, uma enxurrada de gestos é o que o casal lhe dá, os dele são decididos, frios, levemente rudes, os dela são desolados, perdidos, implorando clemência, minutos depois

18 ALGUM LUGAR EM PARTE ALGUMA

ele já não está mais lá, foi-se, deixando a mulher quase falando sozinha, ela fala?, não, apenas ouve, ela ouve os ruídos confortáveis do seu quarto, mesmo estando a dezenas de quarteirões do hotel, e esses ruídos ela os ouve curvada sobre si mesma, não prestando mais nenhuma atenção na multidão que a cerca, nem nas flores, nem na marcha triunfal que a banda está tocando, sem o saber, em homenagem ao dia mais espetacular do ano, todos os dias são espetaculares, pensa Madalena, principalmente os domingos, um realejo encosta ao lado do banco, a melodia da banda mistura-se com a do realejo formando outra melodia, outro gênero musical cujo nome ainda não foi inventado, o macaquinho treinado em tirar papeizinhos da sorte salta no espaldar, corre por trás de Madalena e passa a encará-la fixamente, quê?, ela grita, curvando-se instintivamente para a frente, o velho do realejo solta uma gostosa gargalhada com o susto da mulher, o macaquinho, apavorado, esconde-se atrás do velho, em seguida, talvez por achar que ali não é um lugar muito seguro, entra na sua pequena jaula e fecha a porta antes escancarada, sem sequer tirar da gaveta um único papelzinho da sorte, quando Madalena volta a procurar a mulher do vestido démodé ela também não está mais lá, no seu lugar há agora dez ou doze anões aparentemente de uma mesma família, batendo palmas e dançando, diabos, ela resmunga, aborrecida com o macaco, o velho e a música do realejo, onde?, a banda esmera-se noutra polca, os sopros mais do que a percussão, um redemoinho de gente dança quase dentro do coreto, Madalena estica o pescoço à procura da mulher, de repente, surgindo sabe-se lá de onde, ela está bem diante do seu nariz, tão perto que Madalena já não consegue mais vê-la por inteiro, passando a observar outros elementos de sua figura absurda, os brincos, por exemplo, o par de brincos é elaboradíssimo, parecendo dois pequenos lustres descendo de um teto imaginário, Madalena se detém na observação dos brincos, os pingentes resvalam uns nos outros produzindo um tlintlim suave e mais sedutor do que, por exemplo, o som do movimento da Terra em torno do sol, nesse momento tão audível quanto qualquer outro som, Madalena olha de lado e só então se dá conta de que está sozinha no banco, o casal de velhos desapareceu, isso a aborrece, tem medo de que a estranha mulher venha sentar ao seu lado, uma coisa é observá-la a distância, outra bem diferente é tê-la ao seu lado, sentir a ponta do vestido roçar seu braço, sentir seu perfume, que deve ser tão elaborado quanto os brincos e tudo o mais nela, mas, ó Jesus, que é isso?, a mulher que se aproxima parece ser bem mais velha do que a outra, vista há pouco conversando com o cavalheiro, a maquiagem está borrada em vários pontos, as unhas estão quebradas, o vestido, antes tão claro e luminoso escureceu, ficou encardido, manchou-se de ocre e verde-musgo com a sujeira das ruas, ainda mantendo aqui e ali alguns detalhes amarelos, o tecido da sombrinha está descosturado e a armação, amassada, seus passos são os de quem já tomou muita chuva, sem ter aonde ir — os passos de uma mendiga — e o fedor, ah, o fedor!, quanto tempo faz que ela não toma banho só Deus sabe, mesmo assim, despudorada, não tem a menor vergonha em se achegar, em ficar frente a frente com Madalena, essas feições não me são estranhas, de onde será que nos conhecemos?, um grito de horror entala na garganta de Madalena, como se ela subitamente reconhecesse na outra alguém da família, uma das irmãs, ou a própria mãe, não pode ser, balbucia, nisso a mulher se abaixa e senta exatamente onde Madalena está sentada, ocupando seu espaço, num minuto onde antes havia duas há agora apenas uma, Madalena e a vagabunda são a mesma pessoa, o mesmo vestido, o mesmo sorriso tolo nos lábios, as mesmas memórias fora de foco, estou aqui de novo, e isto é, não, não posso — por que não dizer?, porque dói, será por isso que venho? —, estou novamente no hospício, Deus, e hospício é esse branco sem fim, onde nos arrancam o coração a cada instante, trazem-no de volta e o recebemos, trêmulo, exangue, sempre outro, hospício é este pequeno lapso da razão, quando nos damos conta de nossa verdadeira realidade, ínfima, grotesca, que pode

SENHORA AOS DOMINGOS

não ser a verdadeira, pode tratar-se apenas de mais um sonho, o mais real deles, do qual em breve iremos despertar, então voltaremos para essa realidade cheia de cor e luz, que talvez não seja a verdadeira mas é pelo menos a mais bem arquitetada de que dispomos, do hospício passamos para a rua, onde o lixo se amontoa e cola no corpo, onde nunca pára de chover, onde o cavalheiro que nos beijava, num belíssimo quarto de hotel, há dezenas de anos se recusa a nos beijar novamente, da rua voltamos ao parque, seis japoneses de quimono, que poderiam muito bem ser tibetanos, comem sushi e conversam, cheios de cerimônia, em sua incompreensível língua natal, pra cada ideograma pronunciado, como não podia deixar de ser, fazem uma pequena reverência com a cabeça, um brinde com saquê, uma reverência, mais um sushi, outra reverência, imediatamente o ar fica repleto de reverências e Madalena quase não consegue respirar, dois deles, na certa monges budistas, discutem sobre a bandeira que tremula no alto do coreto, o primeiro diz, é a bandeira que se move, o outro retruca, não não não o vento é que se move e ao se mover move a bandeira, um terceiro, ouvindo a discussão, sapeca-lhes uma bordoada com um bastão de vime, resmungando, não se trata nem do vento nem da bandeira o que se move é a nossa mente quantas vezes tenho que dizer isso?, Madalena, sufocada com tantas sutilezas, sente vontade de gritar, teriam

22 ALGUM LUGAR EM PARTE ALGUMA

mesmo dito isso, como poderia ela saber se jamais estudou japonês?, de repente o mais velho deles se volta para ela e, talvez com o intuito de demonstrar uma difícil equação filosófica, lhe diz, o rústico porque é ignorante vê que o céu é azul mas o pensador porque é sábio e distingue o verdadeiro do aparente vê que aquilo que parece céu azul nem é azul nem é céu, quinze metros os separam mas mesmo assim Madalena consegue distinguir claramente suas palavras, o saxofone deixa cair acordes dissonantes sobre o labirinto intestinal do cérebro de Madalena, ela sorri de impaciência, sua cabeça dói com toda essa cacofonia, a fala dos japoneses misturada com a fala dos integrantes da banda misturada com a fala das centenas de pessoas que estão no parque misturada com a fala de toda a cidade, procure sintonizar uma só estação, pensa ela, mas qual?, a que estiver mais perto, rápido, se não quiser enlouquecer, nesse exato momento um rapaz e uma garota sentam na outra extremidade do banco, onde o casal de velhos esteve sentado, ambos estão muito bem-vestidos, na certa porque estão apaixonados, a fim de escapar do redemoinho que aos poucos a está engolfando, Madalena prepara-se para ouvi-los, o rapaz segura a garota com firmeza, ela tenta se safar empurrando-o sem muita vontade, pedindo-lhe, me solta aqui não você não está prestando atenção ao que estou dizendo ele me pagou quinhentos pelas duas telas

SENHORA AOS DOMINGOS

sensacional não? com essa grana podemos nos casar no mês que vem, ele então afrouxa o ataque, outra vez esse papo de casamento por que simplesmente não alugamos um apartamento e passamos a viver juntos? seria tão mais simples, agora é ela quem não presta atenção ao que ele diz, acomodando-se no banco ela continua a lhe contar, ele comprou as telas e no dia seguinte me convidou pra expor na sua galeria disse que me daria mais dois mil de adiantamento e disse que a exposição tem boas chances de ser um grande sucesso pára com isso aqui não, ele se irrita, por que não? ninguém está olhando, ela, Francisco me disse que fazia dez anos que não via num jovem pintor "tamanho domínio cromático e tal poder de observação", ele, quem é esse Francisco?!, ela, também começando a se irritar, você não me ouve? ele é o meu marchand! quem mais podia ser não agora não me solta, ele, enlaçando-a com vigor, tentando mordiscar-lhe o lóbulo da orelha, por que não?, e olhando na direção de Madalena, você se importa com a presença dessa criatura estúpida? olha só pra ela seus olhos parecem que nunca viram a luz do dia não dê bola pra essa indigente ela nem ao menos sabe que estamos aqui, de repente um lapso, uma queda n'água, o intangível som de instrumentos musicais, criatura estúpida estúpida estúpida, todos os domingos Madalena, com seu chapéu predileto de cor indefinida, ora vinho escuro, ora cinza quente, ostentando uma

ALGUM LUGAR EM PARTE ALGUMA

discreta pluma na lateral, a sombrinha laranja com babados brancos e a melhor peça do guarda-roupa, um vestido cheirando a dezembro, vermelho e amarelo, após o término da apresentação faz o caminho de volta para casa, passando os dedos delicadamente pelos botões de rosa da avenida João Petrarca, cumprimentando os conhecidos da feira que já começa a ser desmontada, boa tarde dona Antonieta, boa tarde seu Nicolas, o mundo mais uma vez devidamente recomposto, porém hoje ela não estende a mão para as rosas, nem dá boa-tarde a ninguém, nem se preocupa em recompor o mundo ou em colocar tudo no seu devido lugar, hoje Madalena sobe os degraus do hotel onde mora, fecha a porta do quarto e estica-se na cama sem sequer tirar o chapéu, preferindo ficar assim, quieta, estupidificada — criatura estúpida! — por um longo tempo, os dedos passeando pelas contas do colar de pérolas, ela, mais uma vez toda ouvidos, atenta a um ruído estranho, pontiagudo, a alguma coisa muito distante que não pára de gritar.

Pobre patinho frank, cheio de si e de vento

Sábado. Por volta das quatro horas da manhã. Os primeiros caminhões e as primeiras picapes vão chegando infalivelmente às quatro, em fila. Ou quase em fila. Alguns veículos, apesar da pouca velocidade e da inexistência de fluxo contrário no cruzamento, ao se aproximarem da esquina e da conversão à direita abandonam a linha reta e passam a fazer uma espécie de ziguezague. Isso porque, segundo os motoristas, nessa esquina é quase impossível dobrar à direita rodando apenas em linha reta. Dizem isso e, se você é uma criança com menos de seis anos ou um sujeito meio imbecil, começam a rir na sua cara com muita vontade porque "dobrar à direita, em linha reta" é uma piada famosa entre eles, digna de ser contada e recontada dia após dia.

Mesmo assim eles vão chegando, caminhões e picapes, de maneira alegre e esfarrapada, semelhantes aos veículos de um circo. Contudo, não se trata aqui de um circo.

É a feira — um rumor abafado e áspero.

Chegam sacudindo a rua de ponta a ponta, sem muita cerimônia, espalhando poeira e folhas secas. Em seguida muita gente começa a descer das cabines e das carrocerias, muita gente triste e sonolenta. Tão logo pisam no chão, formam uma roda na rua, cumprimentam-se. Duas ou três mulheres distribuem café entre eles. Conversam durante um bom tempo. Então, um a um, vão se dispersando, cada qual voltando para o seu veículo, para os seus afazeres. Logo depois começam a descarregar as ferramentas e as estruturas das barracas. Nessa hora fazem um barulho dos diabos, mas ninguém se importa com isso. Pelo menos ninguém que esteja trabalhando no meio dessa gente, ou a mais de cem metros de distância. É noite ainda e os moradores mais próximos já se acostumaram com esse qüiproquó.

Quando os últimos caminhões param definitivamente, num instante a rua fica repleta de negros. Uma multidão deles, saída de algum quilombo. Mas há também os que não são negros, uma minoria: mulatos, amarelos, brancos. Todos martelando, amarrando e arrastando caixotes, desdobrando lonas e espalhando barracas por toda a parte. Empilham uma dezena de caixotes no meio da rua — batatas, laranjas, quinquilharias — para em seguida desfazerem esse arranjo e rearranjarem os caixotes um pouco mais adiante, próximo às barracas. Tudo isso num vaivém irreal e angustiante.

O patinho Frank fica em pé na cama, debruçado no batente da janela, olhando a rua. O barulho que vem de fora nesse momento confunde-se com certa movimentação de pessoas e objetos dentro de casa. Primeiro, um telefonema. Depois, luzes acesas. Tio Otávio e tia Edna descendo a escada. Mamãe levantando-se num pulo para ver o que é que está acontecendo. Tia Edna subindo a escada e batendo uma porta. Mamãe vestindo sua roupa, conversando com a tia Edna. Tio Otávio subindo a escada. Mamãe, tia Edna e tio Otávio conversando. Todos, de repente, visivelmente mais calmos. Mamãe tomando uma xícara de café, tornando a colocar o patinho Frank na cama, não se preocupe, meu lindo coelhinho, meu gatinho, amanhã à noite a mamãe já estará de volta, agora volte pra sua cama e tente dormir de novo, não se preocupe. Mamãe, tia Edna e tio Otávio descendo a escada. Mamãe saindo de casa, atravessando a rua, nessa hora completamente ocupada pelos carregamentos de frutas e legumes, atravessando a rua acesa apesar da escuridão, o dia ainda por começar.

Uma movimentação totalmente fora de hora. Não passa das cinco. No entanto, uma movimentação repleta de sentido.

Toda essa agitação interna, esse arrastar de cadeiras, teria alguma coisa a ver com o segredo dos lobos? Possivelmente.

O patinho Frank, passado o tumulto inicial, olha a rua, os negros, os mulatos, os amarelos e os brancos, cada qual carregando suas caixas e seus carrinhos, fecha a janela e volta a se deitar, sentindo-se um pouco menos angustiado. A aflição passara. A aflição passara por quê? É verdade, mamãe não está mais por perto. Sim, isso é verdade. Porém, para o seu sossego, todo o mundo sabe que não existem lobos entre os feirantes.

Aos poucos o barulho das marteladas diminui e o som de passos dentro de casa deixa de ecoar. Fora, apenas a brisa espalhando-se pela rua. As barracas estão todas erguidas e já não há mais nada a fazer, exceto talvez esperar. É noite ainda.

O quarto agora está em silêncio. Mas isso não quer dizer muita coisa. A luz está apagada, as janelas estão fechadas e todos os brinquedos foram guardados dentro de uma grande caixa de papelão, junto com as revistinhas e os livros, e a caixa foi colocada, em seguida, em cima da estante feita pelo tio Otávio na sua marcenaria.

O patinho Frank está deitado na cama, coberto até as orelhas e sem um pingo de sono. Seus olhos de coelho estão fechados, mas tudo isso é apenas um truque para enganar a tia Edna, que todas as noites insiste em colocá-lo para dormir mais cedo.

Ele tem seis anos, porém ninguém o chama realmente de patinho Frank. Realmente não. Nem mesmo ele, quando lhe perguntam, sabe de onde tirou esse apelido engraçado.

Sua mãe sempre lhe diz, venha cá, meu coelhinho, venha contar o que você aprendeu hoje na escola. Chama-o de coelhinho — e não de patinho! — porque seus olhos são pequenos e curiosos, iguais aos de um coelho, ela diz. Às vezes também o chama de "meu gatinho". Mas Frank, mesmo assim, se acha mais pato do que coelho ou gato. Talvez porque, ao ver o desenho na TV, tenha se sensibilizado muito com o Patinho Feio, com sua voz desafinada, sua cara de bobo.

Mas ninguém o chama realmente de patinho Frank. Na verdade, seu nome é apenas Frank, por isso todos o chamam assim: Frank. E daí? Também isso não tem a menor importância. Em noites de lua cheia, coelhos, gatos e patos, os lobos comem todos eles com o maior prazer, sem a menor distinção.

E hoje é noite de lua cheia.

É por isso que o patinho Frank não dorme. Ele está muito atento ao buraco da fechadura por onde entra um pouco da luz vinda do corredor. É apenas um fio fino e amarelado, insuficiente até mesmo para incomodar alguém, um fiapo que de vez em quando se apaga por pouquíssimo tempo — um segundo talvez, não mais — quando alguém passa atrás da porta. Tudo acontece muito rápido. O fio de luz desaparece e um segundo depois ei-lo de volta.

POBRE PATINHO FRANK, CHEIO DE SI E DE VENTO

O patinho Frank está com a metade da cabeça escondida sob o cobertor. Faz muito calor dentro do quarto. Sua testa não pára de transpirar, mesmo assim ele não sai do esconderijo. Principalmente porque em toda a sua vida jamais esteve tão sozinho e tão às cegas como neste momento. Mickey e Pateta estão dentro da caixa junto com os outros bonecos — portanto, não podem vir ajudá-lo — e os óculos estão em cima da mesa, ao lado da estante.

Grande bosta, um coelho de óculos.

É o que tio Otávio sempre diz.

Tia Edna não diz nada, mas faz cara feia e carrega o patinho Frank para fora da cozinha, deixando-o sentadinho no sofá, diante da TV, com uma bacia de pipoca no colo, longe do mau humor do marido. Geralmente ele fica ali até as dez, mais ou menos. Depois, hora de dormir, patinho. Hora de recolher os brinquedos, escovar os dentes, fechar a janela e ir para a cama.

Na cama, haja o que houver, o importante é não pregar os olhos, manter-se atento.

No entanto, a escuridão é sempre bastante convidativa. Ainda mais quando lá fora a rua está deserta, quase sem carros ou ônibus ronronando nas esquinas, no farol fechado, como nos dias em que não há feira. Ou quando apesar da feira acontece um desses momentos raros, porém possíveis, em que tudo se aquieta — homens, caixotes, caminhonetes espontaneamente abandonados a um instante de preguiça, sob o sabor de uma caneca de café, dispersos nas calçadas. Nesses casos a casa fica completamente em silêncio. O patinho Frank, então, acaba inventando certos jogos de memória para se manter acordado. Por exemplo: ele escolhe uma pessoa, um parente ou um amigo da escola, e tenta se lembrar de todas as ocasiões em que essa determinada pessoa esteve presente no seu dia-a-dia, em carne e ossos ou apenas em pensamento. Tal atividade o ajuda a ocupar o tempo. Mas às vezes funciona ao contrário. Às vezes dá mais sono ainda. Quando isso acontece é necessário inventar outro jogo.

Que barulho foi esse? Acorde, patinho Frank. Abra os olhos e fique bastante atento. O céu está nublado mas hoje acima das nuvens é lua cheia. A lua predileta dos lobos. Não vá se distrair e cair no sono. Pense numa pessoa, qualquer pessoa, rápido. Faça uma figura formar-se na sua mente.

Uma figura, uma figura, tio Flávio, tia Anita, uma figura, deixe-me ver, Maguila? não, Maguila não, cachorro não conta, Renata, deixe-me ver, uma figura, vovô Henrique.

Quando o patinho Frank se lembra de tio Otávio, o de número cinco na sua pequena lista de pessoas, suas pernas estremecem. A primeira lembrança que lhe vem à memória, relacionada a ele, é a de um incidente ocorrido há quase um ano nesta mesma casa.

POBRE PATINHO FRANK, CHEIO DE SI E DE VENTO

Era uma noite quente, igual à de hoje, e boa parte da família estava reunida para festejar o aniversário do patinho Frank. Estavam todos muito animados e a mesa, cheia de presentes. Havia refrigerantes, salgadinhos e bolo. No aparelho de som alguém colocou um disco animado e todas as crianças dançavam em volta da música. Eram canções muito engraçadas e barulhentas. Porém foi durante a festa que ele, patinho Frank, veio a descobrir quase por acidente a triste verdade. Tio Otávio é lobisomem.

Tudo aconteceu muito rápido. Ainda agora por pouco não consegue mais se lembrar de como veio a conhecer esse segredo. Num minuto estavam todos na sala, se divertindo, bebendo guaraná, contando piadas. No minuto seguinte, ao sair do banheiro com seu chapéu de palhaço e o nariz recém-lavado, algo estava diferente. Era como se todos ao seu redor, incluindo até mesmo os pais do patinho Frank, tivessem ganhado uma expressão levemente má e criminosa, quase sobrenatural.

A casa nessa época não era diferente do que é hoje: nem muito grande nem muito pequena. Ou seja, ampla o suficiente para que os pirralhos possam brincar de esconde-esconde, numa festa de aniversário, sem que todos acabem esbarrando uns nos outros, sem que tenham de se esconder, enfim, no mesmo quarto pequeno e abafado, por falta de opção. Além disso, a escada que vai da sala até o corredor no andar de cima não é muito barulhenta, mesmo quando se sobe correndo por ela a fim de se esconder nos quartos ou no banheiro de hóspedes.

A súbita mudança na fisionomia dos amigos e dos parentes intrigou o patinho Frank desde o início. Que diabos teria acontecido? Mesmo assim o corre-corre continuou. Só que diferente, cheio de desconfiança. Ainda hoje, ao tentar se lembrar do exato momento em que a mudança se deu, seu pensamento cai sem querer no meio do sobe e desce pela escada, entre bexigas e línguas-de-sogra.

Que feições grotescas! Assustado, o patinho Frank, com seu chapéu de palhaço, correu então até o banheiro e se escondeu dentro do cesto de roupa suja, lugar onde ninguém pensaria em procurá-lo.

De dentro do cesto arriscou uma espiadela em direção à porta. Nem precisou erguer a tampa. Numa das laterais havia um buraquinho onde a madeira estava ficando podre e através dele dava para se ver muito bem mais da metade do banheiro. O que o incomodava não era a expectativa de acabar sendo facilmente descoberto, era, sim, tão-só o cheiro de roupa suja.

Tio Otávio entrou logo em seguida, com o barbeador e uma toalha limpa. Entrou resmungando alguma coisa para alguém que estava do lado de fora, na certa tia Edna, e trancou a porta. Parou na frente do espelho, de costas para o cesto. Estava sem camisa e um pouco suado.

Ninguém gosta do tio Otávio. Pelo menos ninguém com menos de seis anos. Ele é gordo — o homem mais gordo da vizinhança —, velho e barbudo, e adora acariciar os sobrinhos, principalmente os menores, beijando-os na bochecha. Sua barba então raspa no rosto deles como lixa e por isso a pele fica coçando durante uma semana. Há também ocasiões em que ele fica um pouco rabugento e, durante o filme na TV, na hora em que todos menos esperam, ele se levanta da poltrona, anda de mansinho e lasca um peteleco na orelha do que estiver mais perto, só por farra. E dá muita risada ao ver nossa cara de surpresa, meio abobalhada, meio de choro. Tia Edna fica furiosa e chama a sua atenção, geralmente com um grito, às vezes até com um palavrão. Mas tio Otávio nem se incomoda. Para ele tudo isso é muito natural e divertido. Não é nada que deva ser levado a sério.

Por estas e outras é que o Ênio, o primo mais velho do patinho Frank, certa vez disse para todas as outras crianças durante um passeio pela pracinha do bairro, um pouco antes de começar a chover, que o tio Otávio, apesar de ter o aspecto de um homem normal, não era um ser humano de verdade. Pelo menos não como a maioria das pessoas que encontramos por aí. Disse fazendo uma cara séria, a voz carregada de uma since-

ALGUM LUGAR EM PARTE ALGUMA

ridade cheia de cerimônias, que ele, o tio Otávio, tinha feito há muito tempo um pacto com O-Que-Não-Ri.

— O-Que-Não-Ri, pra quem não sabe, é o diabo. E *pacto* quer dizer *acordo, amizade.*

Todos ficaram muito impressionados com tal revelação, principalmente os menores.

Seria verdade? Sim, era verdade.

O próprio Ênio, certa ocasião, depois de tocar a campainha diversas vezes e não ser atendido, ao olhar pela janela da sala vira e ouvira — isso ele dizia diante do olhar horrorizado dos outros meninos — uma estranha transformação. Não havia mais ninguém em casa. Todos tinham saído para almoçar num restaurante não muito distante dali. Menos o tio Otávio. Este estava sentado na sua poltrona predileta, folheando alguns livros, lendo em voz alta. Então, após dizer algumas palavras numa língua estranha, em poucos minutos ele se metamorfoseou, quase em silêncio, em um cachorro enorme e negro!

O patinho Frank lembrou-se de tudo isso ao olhar, escondido no cesto de roupa suja, as costas peludas e exageradamente escuras do tio Otávio, enquanto ele se barbeava.

Só podia ser verdade. Tio Otávio era lobisomem.

Sendo assim tudo indicava que a tia Edna também deveria ser, se não loba, outra coisa cabeluda qualquer. Isso, em noites de lua cheia. Afinal eram casados.

Por esse motivo é que, antes mesmo de apagar as velinhas e durante todo o final da festa, o patinho Frank chorou e soluçou desesperadamente. Havia descoberto uma coisa terrível — o segredo dos lobos — e por isso eles iriam devorá-lo mais cedo ou mais tarde. Mamãe tentou acalmá-lo pegando-o no colo, mas não adiantou. O patinho Frank estava muito aflito e confuso.

Haveria mais alguém intranqüilo nessa casa?

Sim, os lobos. Estavam todos ali, em volta da mesa. Impacientes, mais do que intranqüilos. Queriam cantar *Parabéns pra você*, dar continuidade à festa.

Tio Luís acendeu as velas, na esperança de que o patinho Frank se interessasse pela chama. Porém a luz bruxuleante no rosto das pessoas conferia-lhes uma expressão demoníaca, uma sombra sobrenatural, quase uma máscara, apagando os contornos, fazendo os seus olhos brilhar. Isso assustou ainda mais o patinho Frank. No entanto, olhando bem para a cara da tia Edna e do tio Otávio, nessa hora elas lhe pareceram bastante humanas. Ambos estavam realmente consternados com seu choro.

Seria somente fingimento? Estariam apenas avaliando o quanto o patinho Frank sabia? Talvez sim, talvez não.

Mas por precaução nessa noite, depois de abrir os últimos presentes e de quase já nem se lembrar mais da história toda, o patinho Frank, na cama, não pregou os olhos. Pelo menos não na primeira meia hora. Estava aterrorizado. Vigiava a porta do quarto, a luz no buraco da fechadura, o ruído de passos na escada. E se tentassem entrar pela janela? Estava decidido, daria um grito ao menor sinal de invasão.

Papai teve que sair logo depois que a tia Edna cortou o bolo e não voltaria a não ser na manhã seguinte. Mamãe dormia profundamente ao seu lado. Dormia num colchão fino, colocado em cima do tapete. Ressonava sem desconfiar de coisa alguma. Não sabia do perigo que estavam correndo. Por isso dormia.

Mas o patinho Frank não iria dormir. Não enquanto estivessem nessa casa, na caverna dos lobos. Apesar da noite fria e dos cobertores, não iria dormir. Ficaria a noite toda atento ao buraco da fechadura, com uma das mãos para fora da cama, pronta para acordar a mamãe.

Até que resolveu fechar os olhos só por um segundo, apenas para descansar as pálpebras e, quem sabe, recuperar um pouco das forças.

Entre o fechar e o abrir dos olhos uma explosão silenciosa, acompanhada de uma agradável queda dos sentidos, penetrou, ocupou e dominou a cabeça e os pensamentos do patinho Frank, fazendo com que naufragassem.

Entre o fechar e o abrir dos olhos, mesmo totalmente no escuro, sem o fio de luz no buraco da fechadura, sem sequer o ar prateado passando pelas frestas da janela, o patinho Frank de repente viu-se mergulhado na mais profunda tranqüilidade. Sem luz e sem medo, como era possível isso? Sua vontade agora meio submersa, meio inebriada, e o som da noite aos poucos voltando a circular nos seus ouvidos, entrando pela boca, pelo nariz, produzindo música por meio de instrumentos difíceis de se encontrar em outro lugar qualquer.

Música feita do movimento involuntário das raízes de roseira crescendo sob a terra, das formigas escalando torrões de areia no jardim, do arrastar de caixotes no outro lado da calçada, dos homens espalhando frutas, do frenesi da feira.

Feira? Estava sonhando, deixando-se levar pelo cansaço.

Pior. Aos poucos ia agrupando fragmentos do futuro e do passado numa única lembrança ao mesmo tempo sonora e silenciosa, artificial e palpável.

Assustado, abriu os olhos.

Não havia feira na rua. Nessa época a feira ainda não havia chegado no bairro. Nem o ziguezague dos caminhões, o arrastar dos caixotes, a multidão de homens, de mulheres, nada.

Porém a luz que voltara a invadir o quarto nesse momento, passando por todos os poros das paredes, da porta, da janela, tornara-se terrivelmente incômoda aos olhos, irritava-os, pois haviam justamente acabado de retornar do fundo de si mesmos, onde tudo é escuro, pacífico e quieto.

Protegendo-se um pouco com o cobertor, o patinho Frank mais uma vez fechou os olhos, dessa vez bem devagar, sem muita pressa, tomando todo o cuidado necessário para não cair sem querer no sono. Não vou dormir. Não vou. Não.

Voltou a abri-los somente na manhã seguinte, ao sentir a ponta da cortina roçar-lhe o rosto, ao sentir o babado fazendo-lhe cócegas, pinicando.

Levante-se, coelhinho, é hora de você tomar seu copo de leite, veja só que dia bonito, levante-se e vá brincar com seus amiguinhos, disse tia Edna abrindo a porta, o focinho e um terço do torso metidos dentro do quarto — santa cara de loba mal disfarçada! — o resto do corpo peludo certamente oculto no pijama que ainda vestia.

Cacete! Dormira quando não podia ter dormido, nem notara a escapulida da mãe.

Assim foi a noite do primeiro dia. No entanto, esta noite não é aquela. Algumas semanas já se passaram. Está quente e mamãe não está na cama ao lado.

De madrugada, por mais que se esforce, a casa não consegue ficar totalmente em silêncio. De todos os poros vaza uma infinidade de ruídos — o som do vento nas cortinas, da madeira do assoalho, de algum inseto batendo na porta do guarda-roupa, da poeira rolando no tapete —, cada qual com sua própria consistência, sua própria qualidade, jamais acontecendo de existirem dois sons iguais.

Mesmo assim a certa altura, ainda acordado, o patinho Frank percebe um ruído estranho. Será o ranger da escada? Não, de maneira alguma. A escada é sólida e segura o suficiente para não produzir um ruído tão baixo e amortecido como esse. Também não é resultado de toda a movimentação fora de casa, da feira. Esquisito. O que quer que seja certamente vem de dentro de casa, mas de um lugar inacessível. Por mais estranho que isso possa parecer, o ruído vem pela parede, por seu intermédio.

O patinho Frank levanta-se num pulo e vai até a mesa e escorrega a mão ao longo de sua superfície e toca nos óculos e os coloca no rosto e volta novamente para a cama e se cobre até o nariz sem nem perceber que se deitou ao contrário, os pés na cabeceira e a cabeça nos pés. Depois, por um minuto, fica sem se mexer, apenas respirando.

Mas o cobertor, com todo esse vaivém, em determinado momento acaba enrolando-se sobre si mesmo, formando uma lombada. O problema é que à noite a sombra dos objetos deforma tudo... Será mesmo apenas uma inofensiva lombada? Esse calombo é algo parecido mais com uma perna ou mesmo um braço caído próximo à cabeceira.

Um braço duro e musculoso de gente morta, pensa o patinho Frank, a cara tão colada no colchão que quase não consegue respirar, sufocado por toda essa espuma picada e embalada. Um braço de cadáver. Por isso ele nem ao menos respira, com medo de sentir o fedor de carne apodrecida.

No entanto, seus pés se mexem. Mesmo estando presos sob um braço que não é o seu, sobre um membro quente e ofegante, porém prestes a esfriar, seus pés não conseguem parar de se mexer, de se esfregar um no outro.

Coragem, patinho Frank. Fique em pé, abra as asas e acenda a luz. Mas, não. O patinho Frank tem muito medo. Ele prefere se esconder ainda mais dentro do cobertor, a respiração presa, atado a esse braço que ocupa quase todo o espaço e se recusa a soltá-lo, poderoso, decidido, rígido.

Uma sombra se levanta de repente, correndo contra a parede, ondulando ao suave toque dos objetos, a sombra do patinho Frank sob seu próprio olhar curioso e ao mesmo tempo amedrontado, solta e serelepe, ela, a sombra, saltitando na direção do interruptor.

Clique. Uma massa sólida e amarelada, porém bastante trivial, invade o quarto, conferindo nova espessura e novo volume aos móveis, às paredes.

Meio minuto depois a porta do quarto se abre e a cabeça do patinho Frank, ainda levemente assustada, desponta para fora, os olhos voltados para a escada. Só então ele percebe que o ruído não vem dali. Também não vem da escada do vestíbulo nem dos cômodos lá de baixo. Talvez esteja vindo do banheiro.

Do vão da porta, um fio de voz:

— Tia Edna.

Uma, duas, três vezes.

Mesmo assim a porta do quarto da tia Edna, perfilada ao lado da porta do banheiro, não se mexe.

Deve ser mais tarde do que parece. A luz da lua não entra pela janela do corredor porque as cortinas estão fechadas, bem como as dos demais cômodos. Antes de ir para a cama, tio Otávio gosta de deixar a casa trancada e em ordem. Essa, a sua maneira de apaziguar as idéias e o corpo.

O patinho Frank anda pelo corredor e seus pés vão fazendo um nhequenheque engraçado enquanto escorregam pelo assoalho. Um ruído semelhante ao que seus ouvidos estão escutando, só que menos seco e ritmado. De certa forma este leve arrastar de pés acaba se transformando numa questão visceral. Ele necessita se mexer, se esfregar, produzir atrito — molas nas pernas, nas paredes, na casa toda —, caso contrário seria a aceitação da mais completa derrota.

Ao perceber que o ruído vem do quarto da tia Edna

o patinho Frank pára de se mexer e escancara os olhos e os ouvidos. Mais uma vez, porém agora de maneira terrivelmente forte e sóbria, a imagem do segredo dos lobos volta-lhe à mente, associada a uma série de outras lembranças, todas desconexas e comprimidas numa forma única, sólida, fazendo o sangue correr mais rápido, tornando as mãos frias e as pernas mortas.

O patinho Frank está diante da porta, no lado de fora do quarto, de pé, imóvel no corredor completamente silencioso — exceto por este ruído seco e ritmado —, porque está com medo de se afastar daí, de sair correndo pela escada, pela casa toda, aos tropeções. Está em pé, colado à porta, todo olhos e ouvidos, como um caçador que vasculha a floresta à procura de um animal perigosíssimo, sugando cada gota desse ruído neutro e longo de vitória e desespero, de triunfo e terror. Está parado ao lado da porta porque tem medo de estar aí e mais medo ainda de se afastar. Principalmente porque a luz no quarto está acesa e um pedaço dessa luz começa a vazar pelo buraco da fechadura.

O patinho Frank está neste instante olhando pelo buraco da fechadura, quase sem respirar, porque o que está acontecendo no quarto é algo de tirar o fôlego, algo muito mais aterrorizante do que poderia supor: tio Otávio e tia Edna, um pouco pelados, um pouco cobertos, dolorosamente envolvidos num conflito absurdo, desumano e irreal, numa espécie de luta, aos ganidos e gemidos. Nada mais nada menos do que a própria transformação dos lobos.

Quebrado o encanto, não há mais por que esperar.

O patinho Frank então corre para longe da porta, para dentro da escuridão, pelos degraus, atravessando a sala, a cozinha. Sobre a mesa da cozinha: colheres, guardanapos, xícaras. Tudo cuidadosamente disposto para o café da manhã. Mas o patinho Frank não está com fome. Assim, após brigar com a chave da porta, após escancarar a porta, continua correndo, agora em direção ao quintal.

Fora de casa aos poucos o medo vai se misturando com uma sensação engraçada. A sensação de estar fazendo algo de errado, algo de que a mamãe não irá gostar nem um pouco quando souber, mas mesmo assim algo de muito divertido. Uma verdadeira farra. Por isso ele ri, aos gritinhos, enquanto foge. Principalmente porque os lobos não estão seguindo suas pegadas nem o cheiro do seu suor.

No quintal, continua. Dá a volta na casa e quando alcança o portão, só nesse momento, ofegante, é que pára para respirar.

Nada se move no lado de cá do muro. Porém, na calçada e até mesmo um pouco mais além, uma nova movimentação vai se espalhando sem muita pressa.

A feira normalmente começa bem cedo, por volta das seis. O sol nem sequer nasceu e a rua já está tomada por uma multidão: pais de família, solteirões, viúvos, empregadas domésticas, todos bastante interessados, com suas sacolas e carrinhos. É nessa hora que a atmosfera começa a ficar congestionada, insuportável. Grita-se muito. Os feirantes, mais do que os fregueses pechincheiros.

Porém bem antes disso os moleques que moram longe, nos bancos da praça Getúlio Vargas, ou no terreno baldio próximo ao viaduto Machado de Assis, e até mesmo os que moram mais longe ainda, nas ruas de outros bairros ou em qualquer fresta na parede onde caiba um corpo pequeno, já estão por perto, pelas calçadas. São meninos pequenos, a maioria. Não tão pequenos quanto o patinho Frank, mas quase. Também entre eles há meninos maiores. Doze, treze anos, ou mais. Começam a chegar cedo. Às vezes em grupos de cinco ou seis, mais ou menos. Contudo, o mais freqüente é vê-los se aproximar um a um, cada qual vindo de uma direção diferente em momentos diferentes. Chegam e logo vão se misturando com as outras pessoas, principalmente com os feirantes.

É noite, ainda. Mas esses meninos em geral não têm sono, mesmo a essa hora. Nem em qualquer outra hora. Nem mesmo em noites de lua cheia. Pelo menos é o que parece, pois sempre que o patinho Frank abre a janela de seu quarto, não importa se ao meio-dia ou se à meianoite, aí estão eles perambulando pela rua, malvestidos, sujos, agressivos, soltando palavrão e fumando pontas de cigarro encontradas no chão. Estão sempre acordados, às vezes por perto, às vezes por ruas muito afastadas. Chegam antes do nascer do sol e se misturam de maneira rápida e eficiente com as pessoas da feira. Para um olhar pouco atento fica difícil distingui-los de um carregador de abacates ou de uma vendedora de ovos porque, excetuando-se a diferença de idade, também os feirantes se vestem muito mal e, como é sabido, a todo instante são pegos soltando palavrão. O patinho Frank deve estar se divertindo muito com toda essa movimentação. Caso contrário mesmo em plena fuga ele não abriria o portão com tanta força, não bateria as grades de aço na lateral do muro nem sairia para a rua sem ao menos respirar fundo, apenas para se misturar com essa gente e com esse clima.

Sem dúvida alguma a feira é uma festa. No entanto, durante a maior parte do tempo, ou pelo menos durante seus preparativos, essa festa acaba adquirindo uma forma exageradamente cíclica — disposição essa que insiste em se repetir de meia em meia hora, ao que tudo indica sem alterações —, o que a transforma em um espetáculo bastante monótono durante quase todo o seu transcorrer, ainda mais para os que não fazem parte dele e limitam-se a acompanhá-lo a distância.

Muito rapidamente o patinho Frank, um desconhecido no meio de toda essa confusão, percebe que com o passar do tempo os caixotes e as frutas, as barracas, os caminhões despejando legumes e verduras dentro de recipientes ainda maiores do que os caixotes, o corre-corre louco dessa manada de homens coloridos, tudo isso vai perdendo a magia, os contornos. Percebe que, em si, a feira vai aos poucos banalizando-se.

É como se, por falta de um roteiro mais bem definido, os gestos dos feirantes — todos os gestos de todos os feirantes — se repetissem num passe de mágica com uma precisão infinita: um sujeito baixo e gordo, empurrando um carrinho cheio de maçãs, passa logo após outro sujeito também baixo e gordo ter passado com um carrinho cheio de maçãs. Isso acaba ficando chato porque, sempre que o patinho Frank olha na direção das barracas, não demora para que um sujeito igual a esses dois apareça, baixo e gordo, com um carrinho de maçãs.

Assim acontece também com as mulheres atrás das barracas. Afinal a feira, de ponta a ponta, está cheia de exemplares dessa curiosa espécie — muito diferentes entre si, os exemplares, porém todos incrivelmente enfadonhos. As mulheres, ah, as mulheres! De tempos em tempos é possível vê-las retomando a mesma postura, o mesmo gesto, trabalhando-o com profundidade e saboreando-lhe não só o tema mas as infinitas variações, como que indiferentes, elas, as mulheres, como que alheias às necessidades pessoais, completamente subordinadas por opção própria a essa específica forma de movimentação circular, qual seja, o ato de polir uma fruta com a ponta do avental ou de distribuir os pés de alface no tablado mil vezes por dia, sete dias por semana, doze meses por ano.

O tique-taque dos gestos repetidos não encontra sossego.

Nisso o patinho Frank, colado ao poste mais próximo de sua casa, ouve gritos vindos do final da rua. Gritos ásperos e mal-humorados. Olha e percebe um pouco à frente um pequeno redemoinho levantando poeira e arrebatando momentaneamente as lonas, as folhas de jornal soltas no chão.

Todos saltam de lado, entre embevecidos e assustados.

O redemoinho devagar vai provocando uma nuvem de poeira nem muito grande nem muito pequena, porém na medida certa para incomodar alguns feirantes, erguer-lhes os aventais, soprar-lhes nos olhos. Isso acaba provocando certo tumulto. A nuvem de poeira, antes no início da rua, está agora se movendo para a frente. No entanto, seu movimento, apesar de abrupto, não é suficiente para derrubar as barracas, os caixotes ou as pessoas. Ela apenas murmura a favor do vento. Os feirantes — a nuvem de poeira os cerca com carinho, sem medo, sussurrando-lhes um aviso brando, suave e amigável, quase incompreensível. Depois desaparece, sustentada pela noite, no outro extremo da rua.

E o patinho Frank, mesmo sem saber, inconscientemente agradece a presença do vento e da nuvem de poeira, ambos capazes de quebrar ou pelo menos de suavizar por um ou dois minutos a terrível organização cíclica dos feirantes, seus gestos sincrônicos e monótonos. Mas isso por pouco tempo. É pena.

Logo depois estão todos de volta, tomados por essa fúria que não os deixa descansar, que desconhecem, que atinge o clímax e termina sempre como na vez anterior, para logo depois voltar a se repetir exatamente da mesma maneira, como se fosse a característica principal de um ritual religioso.

Estão todos de volta depois do redemoinho? Sim, mas esse retorno agora não significa mais nada. Graças a um incidente oculto a feira deixou de ser o reflexo da mais sublime simetria. Sua disposição final e a disposição das frutas e dos legumes em cima dos tablados foram alteradas, contaminadas. A disposição atual já não é mais a mesma de outrora. Tornou-se uma disposição artificial, sem força. Tudo porque nela, no incrível mosaico que um dia foi e agora não é mais, está faltando uma maçã.

Durante a passagem da nuvem de poeira um dos meninos pegou disfarçadamente uma maçã de um dos caixotes espalhados ao redor de uma grande barraca. Encostado no poste, o patinho Frank testemunhou tudo. Viu o menino pegar a maçã e enfiá-la no bolso de uma jaqueta velha e suja.

Ninguém exceto o patinho Frank parece ter visto isso.

Estavam todos completamente envolvidos com a montagem das barracas e com o transporte dos caixotes para um lugar mais seguro, longe da passagem dos pedestres, e para dizer a verdade o menino foi muito hábil ao fazer o que fez. Seus movimentos foram rápidos e quase invisíveis, ele prendeu o fôlego e agiu com a segurança de um prestidigitador, de um verdadeiro mágico. Tanto que, passado algum tempo, o patinho Frank já não sabe muito bem se realmente viu o que pensa ter visto. Talvez tenha imaginado toda a cena. Por que não? Afinal o menino continua andando de maneira tranqüila pela rua, como se nada tivesse acontecido. Seus gestos, vejam só, voltaram a ser bastante triviais. Ele nem ao menos olha para os lados! E ninguém, nem mesmo o dono da barraca de frutas, está dando pela falta de uma de suas maçãs.

Afastando-se um pouco da multidão, o menino vem encostar-se ao lado do patinho Frank. Muito atrevido esse garoto! Encostado no mesmo poste onde o patinho Frank está, ele pisca um olho e lhe mostra, sem conseguir disfarçar o contentamento que sente, o pequeno volume no bolso interno de sua jaqueta.

O patinho Frank fica olhando para o volume sem dizer nada. O menino está visivelmente satisfeito com sua maçã, por isso não saiu em disparada, preferindo estar aí, encostado no poste. Seu gesto não é um gesto de oferta. Ele não está querendo vender a maçã ao patinho Frank, nem mesmo trocá-la por outra coisa do mesmo valor. Na-na-ni-na-não, ele não é um comerciante. Ele mostra o bolso da jaqueta como quem mostra o próprio pinto aos outros meninos durante uma competição de pintos num terreno baldio qualquer. Ele mostra o bolso como quem diz, aqui está não sou tão criança quanto dizem sou capaz de me virar por conta própria não é mesmo? O patinho Frank está extasiado. Afinal o menino pegou mesmo a maçã. Ele não pediu educadamente por favor quanto custa essa maçã aqui está o dinheiro o senhor poderia embrulhá-la para mim obrigado. Nada disso, ele de fato a roubou. Aproveitando-se de um pequeno distúrbio atmosférico — uma nuvem de poeira, as pessoas correndo para se proteger — ele foi até lá e, num gesto meticulosamente estudado, sob os olhos de todos mas sem que ninguém visse, zás!, passou a mão na maçã. De repente o menino recua, desconfiado.

Ele não quer que lhe roubem a maçã. Por isso afasta-se do poste, indo para bem longe, quase chegando a se encostar no muro.

O patinho Frank está com o braço instintivamente erguido, a mão próxima do menino, do bolso da jaqueta, procurando tocá-lo, sentir a saliência. Só então ele percebe que está sendo um pouco insolente. Envergonhado, também recua.

Não quer roubar-lhe a maçã.

Quase sem pensar o patinho Frank aproxima-se novamente. Tenta explicar-se. Não me leve a mal, eu não a quero. Espere, volte aqui. Quero ver se é real, se não é um truque, só isso. Mas o menino, cada vez mais longe, continua se afastando, fechando bem a jaqueta, abotoando-a com firmeza. Outro moleque encosta-se no muro:

— E aí, mano, conseguiu o que desta vez?

O menino mostra o bolso da jaqueta ao amigo.

— Eh-eh, olha só que beleza.

Outros meninos estão agora em volta do poste, perto do muro. Todos ao redor do patinho Frank, porém sem se dar conta disso, ignorando-o. Conversam animadamente. Cada qual com uma saliência diferente na roupa. Uma laranja, uma pêra, um cacho de uvas. Nada de muito valor, mas isso não importa. O importante é que dessa maneira todos eles provam a si mesmos e aos demais que não dependem de ninguém, que já deixaram de ser criança.

Cada um com o seu troféu, menos o patinho Frank.

— Manja só este agito.

Do balacobaco.

Os moleques estão reunidos próximo à casa do patinho Frank. Uns cheiram cola, outros trocam pontas de baseado por frutas e doces, sob o poste apagado. Não há luz na lâmpada porque, assim como a feira, o dia também está nascendo, meio encoberto pelos edifícios, clareando o azul-cobalto da noite e apagando automaticamente todos os postes de uma só vez.

A rua aos poucos vai ficando cheia de gente. Mas ninguém se importa com os moleques, com seu código de honra. Das casas vizinhas começa a aparecer um pequeno número de figuras sonolentas, cada qual com sua sacola ou carrinho, totalmente alheias ao grupo de pivetes embaixo do poste.

Daqui em diante a feira irá se concretizar como uma manifestação plena, sem artifícios ou meias palavras. Isso de certa forma reacende no patinho Frank parte da antiga excitação que o conduziu, igual a um sonâmbulo, do portão de casa até a rua, levando nas mãos o segredo das feras e do luar.

Mas o segredo das feras e do luar não é um troféu que possa ser reconhecido e admirado. Não por esse grupo de meninos, esses donos da noite, das praças e dos esgotos. Eles querem muito mais do que um simples segredinho presenciado atrás de uma porta. Querem algo que possa ser apalpado, algo quente e indiscutível, nada de que futuramente se possa levantar dúvidas. Uma banana, por exemplo.

— Acabou a festa. S'imbora, negada.

O patinho Frank faz um gesto com a mão na tentativa de se aproximar do grupo de pivetes, mais precisamente do menino com a maçã. Quer muito perguntar-lhe alguma coisa, porém nem mesmo ele sabe exatamente o que é. Sabe que é alguma coisa relacionada com as duas ou três caixas encostadas na primeira barraca. Mas mesmo assim não consegue traduzir isso em palavras. Principalmente porque agora eles não estão mais por perto, ao redor do poste ou encostados no muro. Estão na rua, correndo ao lado de uma picape incrivelmente branca e limpa, carregada de carne.

A picape vai seguindo devagar, abrindo caminho na multidão, arremessando as pessoas para as laterais de maneira agressiva e persistente. Quando terminar sua viagem, os moleques já estarão longe — o patinho Frank ainda consegue vê-los correndo por entre as barracas, aos tropeções.

Todavia, não correm sozinhos.

Uma velha e um velho — feirantes, com certeza — correm atrás deles, girando no ar um par de vassouras gastas, tentando alcançá-los. Mas os pivetes são mais rápidos. O velho xinga alto, diz até mesmo filhos-da-puta e outras sujeiras. A velha não diz nada, apenas corre empunhando a vassoura.

Agora é a hora, pensa o patinho Frank, ansioso.

De repente, diante de seus olhos nada mais existe — nenhuma feira, ninguém à vista — a não ser uma caixa de bananas e a rua completamente deserta.

Enquanto todos se preocupam com o corre-corre dos velhos, as bananas, sozinhas, presas na caixa, pedem — imploram — pela liberdade. Por favor... diz a voz das bananas num sussurro triste, miúdo. Por favor... e nem por um momento o patinho Frank deixa de acreditar nisso. Todas elas querem a mesma coisa, a liberdade. Estão aflitas. Todas torcem desesperadamente pelo patinho Frank, pelo sucesso da sua empreitada.

Isso o anima bastante. Seu olhar perscruta as redondezas. O pato troca de pena, vira gavião. Hora de agir, diz o patinho Frank aos próprios botões. No entanto, ele não se move. Apenas fica ali parado, dividido, discutindo consigo mesmo de maneira calma e silenciosa detalhes do plano que pretende pôr em prática, procurando a melhor forma de se livrar dessa incumbência auto-imposta.

Boas meninas, as bananas. Estão todas torcendo por ele. Sendo assim, não irá comê-las depois da captura. Realmente não, pensa ele. Irá guardar todas para sempre dentro de um saco plástico, na sua caixa de brinquedos, ao lado de outros pertences também importantes. Dessa forma num dia qualquer, quando quiser reviver o momento presente — o momento da grande provação —, bastará descer a caixa do alto da estante e abrir o saco plástico. Ali estarão todas elas. Ou melhor, ali estará ela, porque para atestar sua maioridade o seqüestro de uma única banana pequena, gorducha e com manchas pretas na casca será mais do que o suficiente.

O patinho Frank aproxima-se de uma das caixas, coberta em parte por folhas de jornal. Ele está tão perto das bananas que quase pode sentir vários talinhos, embaixo do jornal, fazendo cócegas na sua perna. Mas subitamente ele é obrigado a se afastar um pouco para dar passagem às pessoas. Nessa hora a atmosfera volta

POBRE PATINHO FRANK, CHEIO DE SI E DE VENTO

a ficar insuportável. Há gente demais na rua. Gente ociosa, perambulando por ali apenas por distração. Da maneira mais rápida que pode, o patinho Frank pega uma das bananas da caixa, uma mais ou menos verde, porque é a única que não está presa num cacho. Pega-a mas não a enfia no bolso do pijama, como havia planejado. Pelo menos não de imediato. Apenas fica ali em pé, quieto, com as mãos próximas do rosto, um pouco maravilhado, um pouco sem saber agora o que fazer com o fruto do roubo, seu troféu.

Não tem palavras nem pensamentos.

Principalmente porque, a seu lado, uma mulher não muito velha, de avental branco e em posição de sentido, também está olhando as suas mãos — as mãos do patinho Frank — e a banana presa nelas. Essa mulher filmou, com o sentido da visão, mãos e banana, antes de desviar os olhos para filmar a cara do patinho Frank. Mas que espécie de mulher é esta? Ela registra a cara do patinho Frank com os olhos de quem se diverte muito com o que vê. Isso o deixa terrivelmente encabulado. Na certa ela é a dona da barraca, pensa ele.

As pessoas passam e o patinho Frank aos poucos vai desaparecendo dentro de si mesmo, sem forças para guardar a banana no bolso nem para sair correndo e atirar-se dentro de um desses caixotes vazios. Apesar de ser grande a vontade, isso ele não pode fazer. As pernas estão frias, presas no chão. A carne é forte, porém o espírito, este é levíssimo. Ao menor sinal de perigo já não está mais presente. Foi-se com o ar e com a multidão.

A mulher continua servindo os fregueses, um quilo de uvas, uma dúzia de laranjas, sem tirar os olhos do patinho Frank. Para ela é muito engraçada a figura pequena e desengonçada desse menino congelado, de pijama, mudo como um gato, com uma banana meio disfarçada nas mãos, sem se decidir a devolvê-la ou a guardá-la. Nisso o patinho Frank se vê pego suavemente pelas costas e erguido do chão. Como se estivesse numa roda-gigante, ele flutua. A cabeça faz uma curva no ar — a banana quase cai das suas mãos, mas ele a segura a tempo — e o corpo reproduz logo depois o mesmo movimento, girando no vácuo sem encostar em ninguém, sem peso.

Tio Otávio aparece então de enfiada, a cara enorme e áspera bem na frente dos olhos do patinho Frank, a barba malfeita irritando-lhe a pele, fazendo cócegas. Em seguida, outra curva no ar. Tio Otávio está muito zangado e por isso carrega o patinho Frank embaixo do braço, segurando-o pela cintura, como se carregasse um saco de batatas.

No portão de casa, tia Edna, ainda de pijama, assiste a tudo de braços cruzados, sinceramente aliviada, porém sem conseguir disfarçar o desconforto. Parece meio confusa. Seu cabelo está despenteado e ela não sabe exatamente qual postura tomar diante da presença curiosa de alguns passantes, gente que não tem nada melhor para fazer a essa hora exceto observar as frutas, as barracas e o movimento preguiçoso na rua.

Tio Otávio carrega sua carga para dentro do alpendre. O portão da rua se fecha e a tia Edna segue logo atrás do marido. Depois, com estrondo, é a porta da sala que se fecha.

Uma velha pára na esquina para ver o que é que está acontecendo. Pára ao lado da barraca de peixes e logo o cheiro enjoativo da sardinha e do salmão expostos ao calor da manhã atrai-lhe a atenção.

O peixeiro por sua vez é um homem mais gordo e mais velho do que ela, fato raro entre os peixeiros, que em geral são jovens e magros. Ele tem barba pequena e rala, e outra particularidade sua é que, ao mesmo tempo que insiste em vender sua mercadoria a todas as pessoas que se aproximam da banca, usando para isso gestos rudes e desagradáveis, ele não consegue olhar as pessoas nos olhos, dando a impressão de não passar de um troglodita mental, um verdadeiro gorila que faz questão de agredir todos que aparecem na sua frente.

Incomodada com essa insistência grosseira, a velha se afasta um pouco dos peixes e do peixeiro. Puxando o carrinho pela alça, ela vai em seguida até a barraca de frutas.

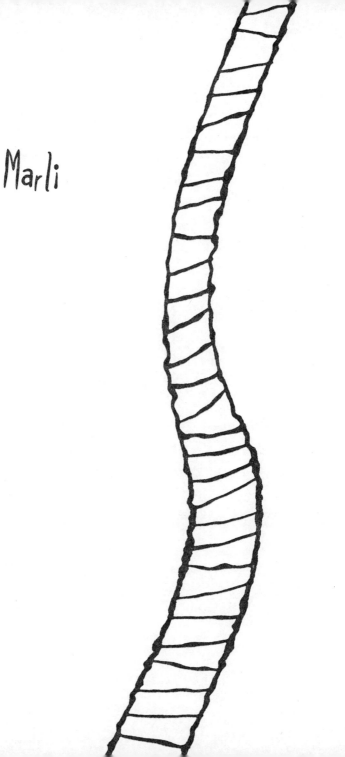

Sem que eu pudesse discernir nas suas feições qualquer traço de mau comportamento, um homem, vestindo uma bermuda muito justa e colorida, um cocar e uma faixa coberta de penas, aproximou-se de nós, provavelmente saído da nuvem escura que, apesar da brisa quente e do dia ensolarado, cobria boa parte da rua. Veio de lá, como quem não quer nada, da nuvem cinza e sem cheiro que escapava de dentro da cozinha de um restaurante próximo, dessa nuvem que dava voltas no ar e aos poucos descia sobre nossas cabeças até envolver, um por um, todos os que por ali passavam. Marli se afastou e o homem, um fantasma prestes a se desfazer diante de nossos olhos, fez um gesto de paz, indicando um relógio invisível no pulso esquerdo. Eu lhe disse as horas e imediatamente ele desapareceu, não na cortina de fumaça, mas atravessando a rua e perdendo-se no meio de uma multidão de outros fantasmas, todos com o mesmo aspecto sujo e doentio, os olhos maquiados, o rosto coberto com desenhos e a boca fedendo a cerveja, prontos para ocupar a tarde e, quem sabe, também os nossos corpos.

Marli soltou o meu braço sem dizer uma só palavra. Quando já estávamos chegando ao portão da sua casa, ela, mudando de direção, atravessou a rua, tomando todo o cuidado para não acabar se metendo inadvertidamente dentro do grupo de fantasmas que a essa hora desaparecia no outro lado da calçada, e entrou no parque. Marli andava e o som das cornetas e das baterias na avenida ziguezagueava pelo interior das ruas e dos prédios, ampliava-se, expandia-se e chegava-lhe aos ouvidos como algo bastante difícil de ser reconhecido, graças à distância e ao ritmo frenético dos carros alegóricos que circulavam nas imediações. Olhando-a atravessar o portão principal do parque, eu então me perguntei se não haveria nessa atitude intempestiva algum estranho artifício para me fazer continuar, entrar na sua casa, subir até seu quarto, tirar a roupa e ficar à sua espera, mais uma vez, na cama, até que ela se sentisse segura o suficiente para fazer o mesmo.

Isso me irritou muito. Principalmente porque, aos poucos, eu ia percebendo pequenas fatias da realidade até então totalmente disfarçadas para mim — entre elas o verdadeiro motivo que havia levado Marli a exigir que, hoje, nem ela nem eu usássemos nossas fantasias.

Continuei pela calçada, simplesmente porque não fazia nenhum sentido ficar parado no mesmo lugar, fingindo certa indiferença pelo que Marli poderia ou não fazer a meu respeito, pela segurança caprichosa com que ela parecia governar os meus pensamentos, a minha vontade. Fui em frente, sem desconfiar que algo bastante inesperado estava para acontecer, acreditando ainda que nem mesmo ela seria tão hipócrita a ponto de querer mudar a ordem dos fatos, a velha disposição das coisas à sua volta.

Ao entrar na casa, logo que acendi as luzes e abri a janela da sala, mesmo parcialmente anestesiado pela súbita claridade que as coisas tanto fora quanto dentro haviam adquirido, não pude deixar de notar que tudo por ali — as almofadas em cima do sofá, o tapete, o quadro ao lado da estante, o pó sobre os móveis —, diferente da maneira como eu sempre estivera acostumado, estava um pouco fora do lugar. Os objetos e suas respectivas sombras guardavam ainda o calor do manuseio, fato facilmente verificável pela diferença de milímetros na posição que ocupavam em relação à que haviam ocupado no dia anterior. Não era muito, mas o suficiente para me causar grande desconforto: a sensação de angústia despertada por um tiro dentro de uma sala vazia.

No quarto, porém, as coisas eram diferentes. Encontrei ali muita roupa espalhada pelo chão. No entanto, nada de muito assustador: algumas meias, uma camiseta, uma máscara de papelão, pedaços de serpentina, ou seja, partes de uma fantasia que certamente havia sido desfeita sem muita pressa, sinal de que um pequeno grupo de pessoas passara por aí, de que haviam com certeza se encontrado nesse quarto — talvez apenas homens, talvez homens e mulheres — e de que durante todo o tempo, sem que eu fizesse a menor idéia do que poderia estar acontecendo, tomados por uma espécie de loucura transitória, haviam permanecido sob as ordens de Marli, subordinados à sua estranha maneira de lidar com esse tipo de situação, submissos aos seus desejos.

Não sei por quê, intuitivamente abri todas as portas do armário onde Marli costumava guardar alguns de seus pertences mais íntimos e o que vi foi apenas um espaço quadrado e oco, quase sem dimensões nos pontos onde nem a luz da rua nem a da lâmpada do teto conseguiam entrar, um espaço vazio que aos poucos ia sugando tudo o que existia dentro do quarto: ar, mobília, poeira e, se não tivesse fechado a tempo as portas, meu próprio corpo.

Estanquei o vórtice e voltei a respirar. Nesse momento, apesar de minhas dúvidas em relação ao desaparecimento súbito de Marli e ao caminho imprevisto que ela havia traçado para si ao entrar no parque, apesar de minha desconfiança quanto à sua improvável morte e à minha improvável culpa no seu futuro assassinato, percebi que, sem sequer suspeitar de que esse era mais um passo num plano abstrato e ao mesmo tempo rigoroso para me fazer cair, dessa vez eu estava definitivamente preso na armadilha que Marli, durante todo o tempo, havia me induzido a construir para o meu próprio uso.

O telefone estava mudo e a maior parte das portas da casa, menos as internas, não se abria para lugar nenhum. A escada continuava na mesma posição de sempre, entre o térreo e o primeiro andar, mas era como se mais ninguém pudesse passar por ela sem ser lançado para fora do mundo. Tentei descer até a sala, abrir a porta e correr pela calçada. No entanto, logo nos primeiros degraus notei que eu em vez de descer estava era subindo novamente, voltando de maneira simples e uniforme ao ponto de partida, sem que sequer a superfície da madeira sob meus pés sofresse qualquer ondulação antes de me jogar mais uma vez dentro do quarto.

Marli era perfeita no dimensionamento de suas armadilhas. Nenhuma das engrenagens movia-se antes do momento estabelecido.

Abri a janela o máximo que pude. A poucos metros havia um prédio pequeno — não mais do que onze, doze andares —, aparentemente novo e bem construído, por sua vez, apesar do calor insuportável das três horas, também escurecido à direita e atrás pela sombra de dois outros prédios um pouco maiores — vinte andares cada um, talvez — porém menos imponentes e mais maltratados pelo tempo, com rachaduras e manchas de infiltração em vários pontos. No total, três prédios bastante visíveis e silenciosos, aparentemente vazios, da mesma maneira que uma infinidade de outros prédios também aparentemente vazios, visíveis e silenciosos, erguidos dentro de uma infinidade de outros quarteirões ao redor da casa. Esse era o aspecto externo da armadilha.

A distância que me separava da janela mais próxima do prédio vizinho era tão pequena que, por mais que eu quisesse, era-me impossível não olhar através dela, não olhar para dentro daquele quarto, não vasculhar em cada canto, atrás do guarda-roupa, da cômoda, embaixo da cama e do tapete, não abrir todas as gavetas e folhear cada um dos livros em cima do criado-mudo, à procura de um sinal de Marli, um sinal qualquer de sua passagem por mais aquela série de objetos menores, por mais aquele quarto — não o último, na incontável relação de quartos por onde ela certamente passara antes de nos conhecermos, e depois também, mas um dos mais intrigantes.

Aquele quarto e toda esta casa, da mesma maneira que Marli por onde quer que passasse, cheirava a sexo. Mas não o tipo de sexo mais elaborado e sublime, fantasioso, de corpos em contato com alguma coisa acima da trepada mais trivial, não o tipo de gozo estético muito próximo de uma religiosidade informe, áspera, misturado com uma essência incrivelmente sutil. O cheiro era na verdade um sabor. Algo a princípio difícil de ser identificado. O sabor de uma refeição depravada. Uma refeição que se come quente mas nem por isso satisfaz o corpo e afasta a fome, porque na primeira mordida o gosto de sebo e suor que acompanha cada roçar de pernas, cada movimento passível de ser envolvido pela boca, cada textura que a língua é obrigada a reconhecer, intoxica os sentidos e anula a vontade, forçando os corpos a um novo entrelaçamento. O sabor e o fedor de um repasto malpassado, como se aquele quarto, este e todos os outros não formassem mais, no conjunto, um ambiente escuro e mal ventilado, mas sim um forno ajustado na temperatura máxima, pronto para assar lentamente o sabor, o cheiro e a superfície de suas próprias paredes, dando início sem demora a um novo contato ao mesmo tempo mágico e cruel que irá, por conta própria, repetir o mesmo ciclo indefinidamente.

Esse era o cheiro característico desta casa e das coisas que havia dentro dela.

Voltei a fechar a janela. Porém no instante em que eu já me preparava para sair do quarto, pronto para tentar mais uma vez descer a escada, notei atrás do vidro, ao lado do prédio, as árvores do parque municipal e um pedaço de seu portão de entrada. O gramado, visto assim da janela do primeiro andar, era liso e uniforme, sem as imperfeições e as impurezas fáceis de se perceber quando se caminha sobre ele, e as pessoas soltas em sua superfície também estavam com um aspecto bom, mesmo caminhando quase nuas, umas, e muito fantasiadas, outras. Estavam pelo menos com uma aparência diferente da aparência doentia que nos apresentam, sempre que as olhamos no rosto, bem de perto.

Para minha surpresa, da janela logo vi que, enquanto toda a cidade se movimentava no lado de cá das grades, na calçada, envolvida com os preparativos de mais uma etapa da festa que se daria à noite, Marli e eu passeávamos, ela um pouco mais à frente, eu seguindo seus passos mal-humorados, entre pessoas alegres e vagabundas que perambulavam no parque com suas crianças e seus cachorros. Andávamos ora pelo gramado ora pela trilha de pedra-sabão que cortava o parque de ponta a ponta, às vezes passando pelas passarelas sobre o fio d'água onde patos e marrecos deslizavam, nós dois muito afastados desta casa e desta janela, próximos um do outro o suficiente para uma discussão acalorada, porém muito distantes de mim para me ouvirem gritar. Isso me incomodou muito porque, impossibilitado de sair desta casa, de passar pelo portão, de me aproximar e ouvir o que é que estávamos conversando, de maneira nenhuma era-me permitido participar dos novos acontecimentos e até mesmo alterá-los, se necessário fosse — cruzar outro portão, percorrer trilhas e passarelas —, para evitar que Marli realmente viesse a ser assassinada mais tarde.

Perambulávamos por uma região úmida, porém bem iluminada, cheia de plantas, pedras, pessoas e folhas de jornal. Marli, um pouco mais à frente, carregava dentro de si todos os sinais de que já estava pronta para levantar vôo. Crescer, crescer... crescer. Em breve ela iria abrir os braços e cobrir todo o parque com sua sombra cor-de-rosa. Faria isso com a maior desenvoltura, a menos que não conseguisse conter o mau humor nem o desejo pelas coisas sujas, tão comum na rua quanto em casa. De braços abertos sobre as nuvens, todos nós poderíamos então olhá-la de baixo, subir pelas suas pernas, penetrá-la, ver o mundo através de seus olhos. Mas isso apenas por um segundo, porque logo depois ela nos faria cair novamente na terra, puxados por um furacão poderoso, irresistível, e em seguida nos forçaria a acreditar que tudo não passara de uma simples ilusão, que na verdade nós jamais poderíamos realmente ter tirado os pés da trilha de pedra, pelo menos não a essa hora do dia. Faria isso com a maior facilidade apenas para proteger seu segredo.

Marli caminhava?

Sim. Brincos, pulseiras, óculos, relógio, camiseta, Marli, na sua nova saia com franjas, hipnotizava a mim e também a si mesma quase sem se dar conta disso. Ela e a saia moviam-se entre as outras pessoas, no estreito passeio público, de maneira tranqüila e natural, separadas de todos nós, simples transeuntes, por uma barreira de cheiro e calor preestabelecida por ela, Marli, há muito tempo. Porém não era difícil de se perceber que tanto ela quanto a saia andavam ao sabor de uma naturalidade fria e programada, no meio de toda essa gente exausta e sem rosto. Marli estava muito agitada. Por isso seus pensamentos davam piruetas tão perto da trilha pavimentada, às vezes trombando com outras pessoas, às vezes não. Porque devagar o parque ia ficando cada vez mais deserto, até que depois de algum tempo já não havia mais ninguém à nossa frente. Então, aproveitando esse momento de serena intimidade, segurei Marli pelo braço, aqui estamos, eu disse, sabendo que ela não iria aprovar esse gesto tão brusco, da mesma maneira que, apesar da cumplicidade, não havia aprovado minha presença ao seu lado no quarto do motel, a noite passada. Mesmo assim, aqui estamos, eu disse, puxando-a para mais perto até sentir o bico dos seus seios encostando no meu peito. Ela mais que depressa, com um rápido esquivar-se, deu a volta e escapou por trás.

Estava muito quente. O sol deformava a linha do horizonte — linha quadriculada, graças à distribuição quase uniforme da cidade ao redor do parque.

Marli e eu, andando na direção da saída, prestes a atravessarmos o portão de ferro, a poucos metros de sua casa praticamente sem janelas, a essa hora transformada numa verdadeira caixa escura e abafada. Nós dois parados, ainda dentro do parque, então eu lhe disse, vá pra casa e não me encha mais o saco, ou qualquer coisa parecida, porque nesse momento também o rosto negro e queimado de Marli, os brincos, a camiseta branca e a saia nova começavam a sofrer os efeitos do calor infernal, começavam a ficar irreconhecíveis — do jeito como estavam, deformados, nem a perícia conseguiria identificá-los. Mesmo assim, tentando olhar nos olhos uma sombra que não parava de se dissolver, vá pra casa, eu voltei a dizer, porque sem dúvida nenhuma eu sabia que por trás desse seu disfarce tão freqüente em dias de sol Marli continuava de pé, rindo do meu nervosismo, dos meus gestos tensos e da mancha de suor ainda invisível, porém presente, embaixo de minha camisa.

Esse era o signo de nós mesmos: o suor.

Marli, diante do letreiro invertido: lɒqiɔinuM ɘupɒꟼ, a vinte passos de sua casa velha e mal ventilada, não se movia mais. Estava ali, parada, olhando-me com seu olhar de barata morta, nós dois a meio metro do portão de saída, a casa, Marli e eu absolutamente imobilizados, então eu voltei a gritar, não se faça de idiota comigo, eu gritava, porém mais uma vez usando de seus poderes sobre o tempo e o éter Marli providenciou para que a superfície do sol tomasse forma dentro do parque, abafando e transformando minhas palavras, eu gritava mas as palavras não saíam da minha boca, e o ar um pouco morno, um pouco leve, circulava rapidamente, impulsionado por uma série de gestos que também não eram meus, eram dela, Marli gritava, com quem você pensa que está falando, movimentos lentos, tão leves quanto o ar, circulavam ao nosso redor, preenchiam nossas falas, provocando redemoinhos de uma boca à outra.

Veio a tarde, depois veio a hora indefinida, cujo nome ninguém sabe. A hora no meio do caminho, dizem quando querem se referir a ela. Antes do crepúsculo, ou então depois do crepúsculo — formas também imprecisas de identificá-la.

Após essa hora a noite foi-se acomodando devagar sobre nossas cabeças. As lâmpadas do parque, apesar de ainda haver um pouco de luz natural, estavam acesas. Mesmo assim todos nós — incluindo Marli — rapidamente íamos sendo envolvidos por uma respiração baixa e por todo o tipo de sombra e silhueta. A grama, tanto sob nossos pés quanto mais adiante, às margens do lago, transformava-se com o cair da temperatura numa superfície cinza e adocicada. Um tapete artificial, uniforme, se observado da janela do primeiro andar. A luz dos postes era fraca, amarela. Logo vi que, quando a escuridão estivesse plenamente instalada no parque, essa mesma luz seria insuficiente para cobrir mais do que uns poucos metros ao nosso redor.

Debrucei-me no batente para ver melhor, pois boa parte do gramado desaparecia atrás do prédio ao meu lado. Porém, mesmo nessa posição bastante desconfortável, pouca coisa, além do que já me havia sido permitido enxergar, aparecia livre de interferência. O desconforto não era de maneira nenhuma um preço à altura de uma posição melhor. Obedientes às leis da perspectiva, tudo esfumaçava-se, nada era palpável. Nem para mim nem para Marli. O desconforto provocado pelo que ela me dizia era a força quase visível que compactava, ordenava e conduzia para lá e para cá, para dentro e para fora, o fluxo de consciência. Não o fluxo de nossas próprias consciências, mas o das outras pessoas, que, saídas não se sabia de onde, aos poucos começavam a voltar, primeiro em pequenos bandos, na forma de vendedores de pipoca ou de camelôs, depois sozinhas e isoladas. Voltavam, tímidas, porém ininterruptamente, cercando e ocupando os espaços vazios, envolvendo Marli, envolvendo-me, dividindo nossas palavras.

No carnaval se dá o extravasamento banal do comedimento. O comportado velhote, pai de vinte e cinco filhos, tira o terno e a gravata, veste uma bermuda e uma máscara africana e se põe a rebolar, certo de que a quintessência da vida é esse súbito afrouxando das cadeias que controlam, durante onze meses, as pulsões do cu.

Da janela pude perceber que esse fluxo ininterrupto — gente entrando e saindo do parque — era um movimento premeditado. Aquelas pessoas comprimiam-se e se acotovelavam devido à inconstância do trânsito, dos bolsões de ar que se formavam entre os carros, na esquina e na faixa de pedestres próxima ao portão de entrada. Era uma dança igual a qualquer outra, comum, que adquiria significado especial unicamente porque aos figurantes não cabia apenas compor uma paisagem, ainda que inofensiva. A eles cabia também participar. E era o que estavam fazendo, talvez não da maneira mais adequada. No entanto, a sensação que eu tinha, discutindo com Marli, perdidos os dois nessa multidão móvel, era de que de alguma forma os moradores de todos esses prédios erguidos ao nosso redor, as pessoas soltas nas ruas e até mesmo alguns dos vagabundos mais próximos, vindos dos terrenos baldios e espalhados pelo gramado, desconfiavam que o que verdadeiramente havia sido programado e já estava em andamento nessa hora não era uma nova encenação do espetáculo que, dali a pouco, iria ser reapresentado nas avenidas e nos clubes. Era um assassinato. Por isso a tão inesperada correria, o tão absurdo vaivém de corpos ao nosso redor.

Vaivém que não durou mais do que alguns minutos. Então, sem que eu me desse conta disso, estávamos mais uma vez livres de todo o tumulto, andando por uma região um pouco mais afastada, mesmo assim quente e aberta, longe dos portões e do interesse da maior parte das pessoas. Íamos sozinhos — ou quase, pois um novo grupo, dessa vez de mortos-vivos, passou a nos acompanhar a distância, primeiro apenas com os olhos, depois com um leve deslizar de folhas pelo chão, com um cheiro azedo de noites maldormidas. Embrenhávamo-nos mata adentro. Caminhávamos por um trecho escuro, sujo, que instintivamente havia sido reservado aos vagabundos e maltrapilhos, trecho ao mesmo tempo desesperado e tranqüilo, por isso Marli preferia permanecer nele, diminuindo o passo, sem vontade de seguir em frente, contaminada por um desejo sublime de se abrigar, de criar raízes.

Éramos estrangeiros um para o outro? Não sei. Talvez a resposta estivesse contida noutro lugar, fundo, muito fundo, e não na própria pergunta. Nessa hora preferi colocar-me a distância, longe das grades que cercavam o parque, longe de qualquer procura, na certa entre quatro paredes, ou além.

Escarrapachados num banco, alguns vagabundos observavam o céu. Ou seria a copa das árvores? Ou o batuque dos blocos carnavalescos? Cada um parecia observar o infinito no rosto do companheiro, e eram muitos infinitos.

Um vagabundo segurou Marli pelo braço. Segurou-a porque, para ele, aquela carne branca e limpa era algo destituído de moralidade, algo abstrato que poderia facilmente estar e não estar ao seu lado, pois apesar de firmemente segura a carne parecia se desfazer entre seus dedos, esfumar-se. Mas não a ponto de desaparecer por completo, apenas o suficiente para provocar nos indigentes uma falsa impressão de fugacidade. Um corpo que poderia muito bem servir aos seus propósitos, aos propósitos de qualquer vagabundo. Segurou-a com firmeza, ora olhando para ela ora olhando para mim, um pouco sem saber o que fazer, esperando de Marli uma reação mais enérgica do que a que estava esboçando e de mim qualquer outra coisa que não fosse minha total passividade. Isso a princípio, porque depois passou a olhar para sua própria mão suja e perebenta. Olhava-a com desdém, prestes a formular uma terceira pergunta, agora a respeito de si mesmo. Movimentava os lábios, repetindo várias vezes a mesma frase, talvez acreditando que jamais conseguiríamos compreendê-lo. Contudo, nós o compreendíamos muito bem.

Segurei-me na janela, mas não por muito tempo.

Havia uma pilha de caixotes encostada na parede da casa, perto o bastante para me servir de apoio. Agarrei-me no batente e devagar fui escorregando, primeiro as pernas, em seguida o restante do corpo, pela parede, sem me preocupar com a queda nem com as marcas que meus sapatos iam deixando na pintura, interessado apenas na superfície palpável que rapidamente ia se formando embaixo de mim, meus braços estirados, prontos para abandonar os limites da armadilha, prontos também para reverter a ordem dos acontecimentos

80 ALGUM LUGAR EM PARTE ALGUMA

— todo o conjunto imenso de lances mal planejados que, em poucos minutos, haviam me conduzido para longe do parque e de Marli —, até que totalmente estendido do lado de fora da casa, com o máximo possível de altura ganha, soltei-me do batente e me preparei para cair mais uma vez não no quintal, porém, para meu desespero — porque a armadilha acabava de se revelar bem mais sutil e labiríntica do que eu jamais poderia ter imaginado —, novamente no quarto, ao lado da cama.

Marli tentou se soltar com um safanão mas o vagabundo, meio esparramado no banco do parque, meio sentado, continuou firme, com a mão totalmente fechada ao redor de seu braço, as pálpebras um pouco caídas, como se também ele não estivesse compreendendo muito bem o que estava acontecendo, até que num estalo acordou, acordamos todos, ele abriu os olhos, eu abri os olhos e para a nossa surpresa ali estava Marli, totalmente desperta, presa a uma situação absurda, incapaz de executar um gesto sequer que finalmente a libertasse do vagabundo e de mim.

Por um instante, essa incapacidade fez com que me corresse nas veias o nojo. Nessa hora eu senti ódio de Marli, da paralisia que a detinha.

Presa, ela parecia flutuar. Como sempre, sua sombra cobria cada um de nós com uma facilidade irritante. Era algo que sufocava, que enfiava grandes quantidades de ar garganta abaixo. Por isso toda essa ânsia por respirar, indo e voltando de seu corpo, sacudindo e relaxando os músculos, os pulmões, produzindo suor e calafrios.

Os demais indigentes, ainda no banco, não se moviam mais do que teriam se movido as esculturas de uma pirâmide egípcia.

Saindo do meio dos arbustos, outro vagabundo apareceu, acompanhado de mais dois, provavelmente seus amigos. Traziam nas roupas e no rosto a imagem de uma loucura muito particular, capaz de alterar cada um dos seus gestos, cada uma das palavras, de maneira violenta, impossibilitando-os de reconhecer a si mesmos, impossibilitando-os de compreender que, apesar da noite e das folhas de jornal caídas no chão, eles não eram verdadeiramente loucos, nem Marli nem eu. Os três logo ao chegar cercaram a mulher. Sustentavam uma confiança serena dentro do ambiente em que se moviam, por isso nenhuma pergunta foi feita. Além do mais, qualquer pergunta quebraria a simetria do desenho que formavam esse primeiro vagabundo, transformado agora em quatro, Marli e sua saia azul com franjas, todos dissolvidos no gramado, compactados numa fôrma apertada, uns sobre os outros.

Estavam machucando Marli, logo notei. Não da maneira como ela sempre estivera acostumada a ser machucada quando com outras pessoas, comigo. Porém de um jeito bem menos analítico. Eu podia ver, pelo emaranhado de corpos ao redor de seu braço bonito e quente, que a estavam incomodando, incomodando sua boca, seus peitos, esparramando as suas pernas na grama, batendo sua cabeça nas pedras. Sangue e água salgada. Vi, na expressão consumida de Marli, que o fato de estar submersa numa camada estéril de sonâmbulos, num imutável estado de sono, alterava sensivelmente a qualidade do ar que respirávamos. Nesse começo de noite ela parecia enxergar diante de si uma longa linha que, intransponível, aos poucos ia se dissolvendo, após tomar a forma de um estranho sacrifício, pois tudo ia se descortinando ante seus olhos numa inesperada sucessão. Dessa maneira, pela primeira vez ela começou a perceber dentro de si as mesmas manifestações sobrenaturais e maravilhosas que cada um de nós, por seu intermédio, há muito já havíamos tido o prazer de conhecer.

Marli mal respirava, com a cara enfiada nas pedras.

Empurravam-lhe os braços contra a grama, com força, mas não com a intenção de machucá-la. Os membros simplesmente ondulavam ao sabor do próprio corpo, cobertos por uma movimentação incessante, porém terrivelmente lenta. Os braços, as pernas, a testa, sincronizados com o ar quente, com a probabilidade de chuva, não iam de encontro ao chão apenas por mortificação. Faziam isso por culpa. Afinal, na sua maneira particular de compreender as coisas, os vagabundos estavam tratando Marli da melhor forma possível. Não queriam que ficasse com a testa esfolada. As batidas nas pedras, ou a perna esquerda presa embaixo do banco, eram a maneira mais confortável de fazê-la parar de se mexer, de parar de se arranhar tanto, pois nesse instante movimentos muito bruscos, além de totalmente indesejáveis, amassavam a roupa e atrapalhavam o gozo de um anoitecer tão delicado.

Marli sofria? Certamente. Mas de um modo muito irregular, e isso era de tirar do sério até mesmo o arcebispo. Seu sofrimento se assemelhava ao orgasmo dos anjos. Eu via, pela sua expressão de extrema dor, que o prazer também estava presente nesse corpo que se moldava obstinadamente em corpos estranhos, contorcendo-se como eu jamais vira Marli se contorcer desde que nos conhecêramos. Essa era a sua forma de zombar de todos nós, na tarde que se fazia noite alta. Uma forma carnavalesca de gozar sem ser gozada. Sobre a barriga e entre as coxas ela sentia o peso destes dois círculos concêntricos, prazer e dor, como se fossem dois amuletos distintos mas ao mesmo tempo complementares. Algo imoral e aniquilador, faiscante e secreto.

Caída, Marli mais uma vez subia aos céus.

Alguns foliões desgarrados passavam lá longe, na trilha de pedregulhos, seguindo em direção ao portão de saída. Pessoas nem ansiosas nem prestativas, desobstruídas, apenas. Iam sem pressa, à procura do recomeço da música na avenida, nos salões. Também iam tranqüilas porque Marli, agora sem a sombra da constante hipnose que na maior parte do tempo a recobria, livre de toda a costumeira aparência de incontida generalidade, novamente nos envolvia com sua presença, mas desta vez evitando lançar mão do irreal, do golpe egoísta tão freqüente no seu jeito de envolver as pessoas. Marli, assim, absolutamente despojada de suas boas e más intenções, confortava e abençoava a todos nós, sem exceção.

Um dos vagabundos, desistindo de ocupar uma posição secundária no grupo, levantou-se e veio até mim. Parecia bastante conformado, as feições meio bordôs — entre o magenta-azedo e o vermelho-arroto —, como alguém que houvesse acabado de perder alguma coisa muito valiosa, talvez a própria alma. Ficou durante muito tempo ao meu lado, prendendo-me com uma das mãos, na certa acreditando que assim seria mais seguro, ou talvez estivesse muito bêbado para se manter em pé sem um apoio qualquer. Prendia-me sem me olhar na cara. Imediatamente decidi me livrar da sua presença com um safanão, mas a noite estava tão quente no parque quase sem vida que achei melhor ficar quieto.

Aconteceu então um repentino despertar. Os vagabundos que estavam sentados no banco, animados, foram um após o outro se juntando ao grupo, debruçando-se sobre a mulher.

Marli devagar também foi se aquietando. Seus movimentos eram agora menos intensos, menos freqüentes.

Com exasperante paciência, antigos espectros cobriam o seu corpo, entidades firmes, porém preguiçosas e desiguais. Houve um momento em que nada parecia ter vida. Eram eles somente um amontoado de corpos estendidos no chão, refletindo a luz dos postes, da lua quente, quentíssima, refletindo o mormaço. Mas essa imobilidade era apenas aparente. Havia um pálido movimento de ancas, uma névoa parcialmente visível, nada muito ritmado nem muito elástico, apenas um espasmo indolente, vagaroso, que ia e vinha, não de meio em meio minuto mas de um em um, talvez de dois em dois, porque pela inexpressividade de seus olhos — esferas do animal ativo e do passivo — não havia nenhuma pressa, havia sim somente uma massa um pouco derretida atrás do banco. Por trás dela, as sombras ondulavam, afunilavam.

Marli, os espectros, eu, nada parecia revelar nossa perceptível finitude.

Estávamos sob uma labareda intensa — a luz da noite — há muito tempo e, indiferentes ao que poderia querer cada um de nós em particular, pretendíamos ficar aí indefinidamente, o vento em chamas circulando pela rua, sobre o gramado, embaixo da cama, incinerando tudo, provocando no parque a queda dos corpos, a mais profunda letargia, e no quarto, de onde eu observava a cena sem ser observado, a ascensão de minha última e total submissão aos caprichos de Marli.

Algum lugar em parte alguma

1

Cão, você não olha por onde anda? Cão jamais olha por onde anda. Simplesmente vai, fugindo pelo quintal, por baixo da cerca, pelo terreno baldio, derrubando tudo o que lhe vem pela frente, às vezes passando pelos quintais vizinhos, quase sempre por lugares há muito tempo abandonados.

Bella então, apoiada na maçaneta da porta, grita, volta aqui, Cão, pára com isso, mas ele não volta, ele vai correndo, sempre em linha reta. Corre devagar porque tem as patas doentes, cobertas de ferimentos, e já está velho e cansado, mas sempre em frente, na direção do quarteirão vizinho e depois para dentro da velha casa abandonada no final da rua, entre dezenas de outras casas, todas velhas e abandonadas.

Bella dispõe-se a segui-lo. Mas sabe que isso é impossível. Não, não daria pé. Não com essas suas pernas gordas e endurecidas. Cheias de varizes, de raízes secas.

ALGUM LUGAR EM PARTE ALGUMA

Mas então, de maneira inesperada, Cão sai do interior da velha casa e pára diante da porta caindo aos pedaços. Paralisado, começa a passear o focinho por todos os orifícios da parede e do assoalho, chafurdando em vários pontos, sempre à procura de alguma coisa, qualquer coisa. Pelo menos é o que parece. E de repente, sem que isso faça o menor sentido, salta sobre a escada, sobre as caixas pestilentas no jardim, e vem aos tropeções, muito alegre por estar de volta, correndo na direção de Bella, sim, na direção dessa mulher velha e ansiosa à sua espera, agachada, de braços abertos, Cão, mais uma vez correndo na direção dos seus braços, passando entre eles, entrando na cozinha.

Lá ziguezagueia, ora subindo numa cadeira ora entrando nos armários, indeciso, mordido por alguma coisa invisível.

Sem perder tempo Bella abre novamente a porta, depois o portão de tábuas soltas, apodrecidas. Ela imagina que talvez o tradicional passeio fora de casa, repetido sem falta todas as manhãs, conseguirá despertar o interesse do seu animal.

Cão, no entanto, parece não estar interessado. Anda de um lado para o outro, preguiçoso, sem se decidir a sair ou a ficar, aparentemente insatisfeito com a mulher na porta, aparentemente insatisfeito com tudo. Indeciso, finalmente sai. Seguido de Bella e do carrinho de feira.

2

A construção se instalara comodamente, durante a noite, ao lado da ponte, entre os casebres toscos e imundos da favela, e Bella, de onde estava, podia ver muito bem as nove colunas de concreto, todas erguidas ao lado do barraco, ao lado do seu barraco, e outras nove colunas erguidas mais adiante, próximo à estação ferroviária e a outro tanto de colunas iguais espalhadas no horizonte, quase perdidas, formando um formigueiro de operários bem no centro da cidade e outros formigueiros em outros lugares.

Também estavam lá, os operários, do outro lado da pequena ponte de concreto, e Bella, diante do rio, contemplava com impaciência e perplexidade a figura saltitante de um cachorro, alinhada com a margem direita, diante dos seus olhos, inquieta.

Bella tirava gravetos e pequenos brinquedos de seu velho carrinho de feira enferrujado. Tirava e dizia, Cão, você pode correr, então corre contra o vento, salta, Cão, sente essa sensação de movimento no espaço, o cheiro morno da poeira, a água no focinho. Tudo isso Bella dizia, ou pelo menos tentava dizer, sentada na grama, diante do rio, próximo à construção.

Bella, mesmo ao ar livre, sentava-se com dificuldade por causa da perna dura, doente, da mesma forma que às vezes, em casa, se sentava com dificuldade numa cadeira, ou numa poltrona, por causa da sua perna dura e da sua outra perna em processo de endurecimento, porque foi nessa época que sua perna boa, boa no sentido de que não era dura, começou a endurecer.

Mas às vezes, após alguns minutos de descanso, a perna melhorava e então era Bella quem fazia o papel de Cão. Era ela quem se movimentava, andando daqui para lá, atirando gravetos no ar, quase perdendo o equilíbrio, quase caindo no rio, pulando contra o vento para depois voltar, mancando e arrastando-se, com dificuldade, sobre o cheiro morno da poeira, na tentativa de excitar Cão. É. Tudo para excitá-lo.

Mas Cão não se excitava. O bom e velho Cão.

3

Enfim no final da tarde, consternada, Bella reuniu suas coisas, enfiou tudo no carrinho de feira e iniciou a volta para casa.

Bella voltava de um jeito meio atropelado, exausta, como se estivesse indo para bem longe. Às vezes parava e olhava para trás, mas Cão não corria nem saltava, apenas a acompanhava, aparentemente adormecido, apenas marchava com a infinita lentidão dos professores e dos condenados.

Sua silhueta quadrúpede e avermelhada lançava um

recorte abrupto contra a paisagem, contra o desenho da construção mais adiante. A hora era de muito calor e a primeira coluna de concreto, vista contra o sol, parecia um pouco torta, ondulando na reluzência do ar. No momento em que ia atravessar a pequena ponte de concreto, Cão inesperadamente parou. Seu focinho vasculhava o ar.

Cão, por aqui, vamos, Bella gritou enquanto se arrastava sobre a ponte, enquanto descia do lado de cá, decidida a não mais olhar para trás. Cão que a seguisse se quisesse. O infeliz.

Então houve uma explosão abafada, planejada, depois outra e mais outra, cinco, seis explosões em pontos eqüidistantes, todas de igual intensidade, a terra estremeceu, o ar se fez mais leve, Bella olhou para trás e viu que a ponte, a princípio devagar, depois pedra após pedra, com muita rapidez começou a desaparecer.

— Cão!

4

Vem, Cão, corre, carrega o vento, a poeira, o cheiro das folhas despencando, corre e carrega em espirais de cabelos negros o movimento das ruas ao seu redor, a serragem da madeira recém-cortada, salta, Cão, salta sobre o capim enquanto é tempo, cheira, reúne e traz a textura e o volume das calçadas, do lixo abandonado nas portas, embaixo, nos porões, em cima, nos depósitos, agora corre sobre a ponte, sobre o que ainda resta dela, corre, corre!

5

Mas Cão não correu.

Um milhão de faíscas subindo, e descendo, o ruído d'água.

Bella correu. Ela imaginava estar correndo, mas na verdade apenas se arrastava um pouco mais rápido do que o habitual. Um vento repentino chicoteou o seu rosto. O vento envolveu a trilha e, de uma só vez, comprimiu todo o lugar, escurecendo-o. Depois, num tremor de meio segundo, desapareceu.

Durante o rápido silêncio que se seguiu, os olhos de Bella saltaram as águas do rio e se detiveram na mancha turva e opaca que, um minuto antes, estivera correndo e brincando ao seu redor.

Do lado de lá do rio Cão olhava as pedras, o entulho, com mais interesse do que quando parava para olhar Bella. Às vezes erguia as orelhas, visivelmente curioso.

Bella então gritava, e Cão, através da poeira brilhante e através desse chuvisco que o colocava senhor de si, oculto de todo o resto e do próprio corpo, de tempos em tempos parava de olhar o entulho para morder, com fúria, a própria carne, nos lugares em que provavelmente os carrapatos o picavam.

Bella voltou a gritar, Cão!, mas fosse porque não queria fosse porque não compreendia Cão não respondeu. Distraído, limitou-se a sentar sobre as próprias patas e a erguer as orelhas.

Pouco depois alguns homens uniformizados vieram com máquinas e ferramentas.

Dali de onde estava Bella escutou quando se aproximaram. De onde vinham os homens e as ferramentas, não sabia. De uma maneira estranha viu o rosto de um deles, de um homem magro, efusivo, pálido, que engolia em seco e mordia os lábios, muito doente, e também o de um homem baixo, de cabelos ruivos e muito vermelho nas maçãs do rosto e na testa, e o de um rapaz sardento, e muitos outros rostos, todos na margem oposta do rio. O de um velho com o queixo enrugado e o de outro homem com um sinal de nascença num braço.

Vieram todos. E seguiram em frente, levando as máquinas e as ferramentas até a próxima ponte, até a próxima demolição, para longe de Bella parada no lado de cá, prestes a abandonar seu carrinho, quase fazendo um sinal, por favor, alguém, por favor, olhem, Cão está perdido, nos ajudem, mas ninguém parou, foram em

ALGUM LUGAR EM PARTE ALGUMA

frente espalhando ferramentas, embaralhando e atravancando o caminho, sem olhar para trás.

Quando a procissão finalmente desapareceu numa curva, Bella, quase sem ar, lívida, se deu conta de que Cão, Santo Deus!, Cão não estava mais lá, pelo menos não ao alcance dos seus olhos. Cão não estava mais lá. Não. A trilha realmente estaria ondulando, ou seria o sol? Bella de repente sentiu-se muito velha, com náuseas.

6

Em algum lugar, bem distante, um ruído. Bella ergueu-se sufocada. Há alguém aqui!

Um ruído baixinho, como se fosse a ponta de uma agulha tocando o céu, riscando a cama, os lençóis.

O ruído, o estalo, um par de toques sonoros. Do quê? De um cão que ladra.

De um cão.

7

Bella prendeu a respiração, mas o ruído no assoalho parou imediatamente. Porém, mesmo em silêncio, continuou entre as paredes, embaixo da cama, sob os móveis. E de repente, pelo vão escuro da escada, em intervalos, começou a subir o ruído de pés se arrastando, um depois do outro, com dificuldade, o ruído de um cão que atravessava as ruas, as pontes, as esquinas, correndo, correndo, cinco, dez, quinze minutos, como se o cão estivesse correndo e alguém, caminhando, assoviasse e o cão diante desse sinal desse meia-volta e voltasse para casa, em desabalada carreira, indo e vindo, em círculos, como se o animal estivesse nas mãos de alguém, preso por uma corrente fantástica num quarto quente e ondulante, possuído pelo fogo.

Bella então percebeu bem perto, agora bem mais perto, lá no começo da rua, que tudo não passava de um mal-entendido.

Isso mesmo. Tão-somente um pequeno mal-entendido.

Cão não estava ausente, estava ali no quarto, ao lado de Otto e de Bella, e Bella não estava sonhando, estava acordada ao lado de Cão e de... Otto deu-lhe um safanão e ela acordou bruscamente, sufocada, presa nas próprias lágrimas.

8

Bella acordou no meio da noite.

Acordou com um sentimento familiar, inesperado, como se estivesse sob uma labareda, sob uma fornalha, o quarto ondulando, encurvado.

Deitada em silêncio, acompanhou no teto o movimento dos carros, das sombras que vinham da rua, projetadas pela janela.

Otto não estava dormindo, mas não se mexia. E roncava. Tudo estava tão irreconhecível. Ele está dormindo sim, ela pensou. Bella, deitada de costas, enfiou o dedão do pé esquerdo em uma dobra do cobertor. Não era uma dobra mas um descosturado, e isso a aborreceu. Vai ser preciso costurar isso algum dia. Tirou o pé do cobertor e levantou-se. Em pé, uma sensação de ridículo, um leve desconforto, fez com que voltasse para a cama. Era noite ainda. Pelas frestas na parede forrada com jornal o ruído dos automóveis entrava no quarto, preenchia-o. No teto as sombras ganhavam som.

Bella, sem sair do lugar, abriu a janela e viu a noite.

Era uma noite como aquelas em que percorria a cidade, Cão correndo na frente, atrás, do lado, em volta, sempre em frente, mesmo quando recuava, mesmo seguindo pelas ruas de pedra onde as sombras dos edifícios não lhes davam passagem.

Ouviu um estalo.

Era Otto.

Ele mastigava e grunhia.

Apoiada no batente, agora em silêncio, Bella aos poucos foi ocupando seu lugar entre os lençóis, sonolenta, quase dormindo, correndo, correndo embaixo da cama, sob os móveis, como o ruído de um cão que atravessasse as ruas e as esquinas. Bella, deitada, sentiu-se novamente, de certa forma, mais familiar.

9

O que faz um cachorro quando não está dormindo, comendo ou cagando no chão do quarto? Na minha família, em minha terra, ninguém nunca se interessou por cachorros.

Otto não via motivo para tanto alarme. Estava satisfeito? Por que não estaria? Cão era um animal velho e doente, e afinal para que serve um cachorro quando se está tentando dormir?

Otto dormia praticamente o dia todo.

No entanto, estando Cão ausente, Bella também se ausentava.

Perdida em pensamentos flutuantes, permanecia, ela teimava em permanecer, quase sempre onde Otto não podia alcançá-la. Estaria fingindo? Na cama cobria o corpo apenas pela metade, como se esse não fosse o seu corpo mas o de um manequim, enquanto Otto a observava, de pé, sem compreender o porquê de tanta exasperação.

Cão estava perdido, não estava? Eles, os funcionários da prefeitura, certamente estiveram por perto. Eles o levaram, não o levaram? Eles sempre levam os cães perdidos. O que mais há para se fazer agora?

Bella, na escuridão, ao perceber o olhar inquisidor, inimigo, calçou os chinelos, fechou a cortina que separa o quarto do resto do barraco e saiu apalpando de leve as paredes, o fogão sujo de cinzas, a porta. Fora do barraco, desceu pela ladeira íngreme e os pés, no momento em que subiram na rua, afundaram no barro esparramado entre os barracos pelo esgoto a céu aberto.

Bella, bastante exasperada, aos tropeços e palavrões, a fim de distanciar-se mais e mais da insuficiência de Otto, seguiu em frente sem titubear.

10

Otto não gosta de animais. É curioso. Não gosta dos homens e não gosta dos animais.

Bella andava, sim, apesar da dificuldade, andava. Que subterfúgio inútil! Procedia como quando não conseguia dormir: arrastando-se. Passeava com vagar dentro das próprias idéias, arrastando a perna quase dura, gorda, observando cada pormenor da vizinhança, cada janela, um pedaço de pano aqui e, ali, uma cueca no varal, mais adiante um crucifixo em cada porta, mas Otto também não gosta de crucifixos, Otto não gosta de Deus. Ele tem dúvidas e não gosta de falar nisso. Mas é necessário pelo menos gostar de Deus, não?

Bella andava e escutava ao seu lado um ruído abstrato, um sussurro, chamando, Anabella, ei, Anabella. Seria o riso de Deus? Um riso oculto, sem origem, mas presente em toda parte.

Mas não era Deus. Logo percebeu. Era Morgam, o Porco, que andava ao seu lado, arrastando uma perna, imitando os movimentos da sua perna, um arrastar de pés semelhante ao seu, andando e rindo, fazendo caretas.

Morgam, o Porco, o Alucinado. Tinha problemas na cachola, um parafuso a menos, talvez dois.

Bella não parou.

Andaram.

Morgam andou um bom pedaço azucrinando-a, depois sem qualquer razão, sem que ela precisasse fazer um único gesto de ameaça, correu e escondeu-se num terreno baldio, imundo. Seus movimentos foram mecânicos, sem sentido. O riso, de qualquer forma, continuou, porém agora com menos intensidade.

Cão, se estivesse ali, correria atrás dele.

Cão e o Porco se davam muito bem.

Na rua, lá adiante, quem?, alguém, vultos, batiam com várias marretas numa parede caindo aos pedaços.

Um homem aproximou-se, passando por Bella, e bateu com a sua marreta. Mais homens vieram, todos cruamente uniformizados. Dividiram entre si outras tantas marretas e começaram a bater. Bateram e bateram. A parede, já no limite, veio abaixo com uma última e poderosa batida. Mais homens chegaram, trazendo carrinhos de mão, e se puseram a remover as pedras menores.

Ao meio-dia trouxeram dois caminhões para retirar o restante do entulho.

11

Duas horas depois Otto desce do ônibus, junto de dezenas de outros atropelados, diante do prédio da prefeitura. Bella está ao seu lado, às vezes à sua frente, às vezes atrás, mas ele não a vê. Apenas pressente sua proximidade, sua influência, seu hálito.

Dois homens conversam colados à porta. Um deles está com as duas mãos estendidas para a frente, segurando um maço de papel, os movimentos típicos de quem conta dinheiro, enquanto o outro permanece quieto, olhando-o fixamente nos olhos abaixados.

Dentro do prédio Otto tem a impressão de estar em uma assembléia. Um amontoado de gente, de pessoas apertadas. Além do mais, ninguém parece estar interessado na presença de Otto.

Todos se reúnem em torno de uma mesa, aos gritos, e o homem que está atrás da mesa, com certeza o subsecretário, tão bem alinhado, com sua franja de filme de gângster francês, nada faz para impedir todo esse alvoroço.

Muito pelo contrário.

Ele às vezes abre a janela, sempre acompanhado pelo olhar atento da multidão, e respira mais aliviado diante da cidade, diante da constante ebulição nas ruas. Em pé, absorto, seus pensamentos passeiam por um mundo sem vida, molhado pela chuva da manhã. Então, sem quê nem por quê, ele volta à mesa.

Não há nada a dizer, ele diz a si mesmo comodamente sentado, transubstanciado, na sua cadeira ao lado da janela.

Otto está impaciente. Está tão apertado, contra a porta, e tamanha é a pressão que sobre ele exercem, que pouco falta para que seja atirado como uma rolha de volta por onde entrou. Enquanto isso a metade esquerda da sala continua com o rosto voltado na direção do subsecretário.

As pessoas, comprimidas umas contra as outras, roçam com força os ombros e agitam-se, aos gritos, como que assaltadas por um insuportável ataque de tosse.

O subsecretário porém não se inquieta com isso. Limita-se a folhear com indolência o livro de registros, uma espécie de caderno escolar, velho, inteiramente deformado pelo mau uso, definitivamente o único objeto que há sobre a sua mesa.

ALGUM LUGAR EM PARTE ALGUMA

Otto então decide que já é hora de se apresentar. Para isso é preciso abrir caminho na multidão, coisa que lhe parece, de imediato, impossível. No entanto, decidido a alcançar o outro lado, ele começa a se chocar com a parede de pessoas, começa a penetrá-la. Avança um pouco, tenta forçar a passagem. Todos, no entanto, estão fazendo o mesmo. Otto recebe alguns golpes, algumas cotoveladas no estômago, como advertência, e enfim desiste.

Não há nada que possa ser feito contra isso.

Uma parede baixa composta na sua maior parte por homenzinhos do subúrbio iguais a ele circunda-o e impede qualquer avanço. Algumas pessoas, de vez em quando, estendem os braços no ar, como se estivessem se comunicando com o subsecretário através de sinais, como se estivessem fazendo a caricatura de alguém.

Otto então decide permanecer parado, pelo menos até encontrar uma forma de furar o bloqueio. Parado, braços cruzados, percebe que sem o menor esforço seu corpo começa a se mover, está se movendo. Seguindo uma trajetória inteiramente arbitrária, aos olhos de Otto a multidão circula, quase como numa dança, em espirais, pelo salão. As pessoas se movem ao som de gritos e de gestos, num redemoinho involuntário.

Aproveitando o movimento, dando voltas, Otto deixa-se levar, percebendo que na confusão produzida por toda essa gente apinhada há, livre, uma espécie de caminho que, quase imperceptível, provavelmente divide a sala em dois lados iguais. Uma trilha invisível mas real.

Próximo à janela, todos possuem um número impresso em papel barato. Otto, quando dá por si, percebe em sua mão uma senha igual às outras. Meio minuto depois, quase sem esforço, está diante do subsecretário, tendo, como num passe de mágica, a multidão às suas costas.

12

Visto de perto o subsecretário não parece tão tranqüilo. Não é o taumaturgo que sua silhueta sugeria há um minuto. Ele folheia com nervosismo o livro de registros, quase não respira, meio irritado ou impaciente, não pára de se mexer, inquieto, na cadeira, e principalmente, envolvido pelas linhas do caderno, não presta a menor atenção na figura de Otto, nas suas palavras sem tempero.

Há muitas linhas a ser conferidas no livro de registros.

Otto volta a falar, explica-lhe sua questão, fala a respeito do mutismo a que Bella se entregara, do inferno que tem sido a sua vida depois que Cão desapareceu, deixa sobre a mesa o rumor de sua fala áspera, completamente abafada pelos gritos dos vizi-

ALGUM LUGAR EM PARTE ALGUMA

nhos. No entanto, mesmo sem ouvir o subsecretário recua, assustado.

Otto sente suas mãos suarem.

Teria dito algo de errado?

Otto procura gesticular menos, não quer causar uma má impressão, talvez algo que tenha dito, Bella sempre se queixa da sua fala áspera, talvez sua fala sem vida de velho ignorante tenha, sei lá, o subsecretário, tão bem alinhado em seu terno de musselina cinza, mas o quê, por quê?

Não, não é a sua fala. É o seu hálito. Otto cheira mal.

O subsecretário afasta-se da mesa, vai até a janela e respira aliviado.

Não há nada a dizer. Nada.

Meio minuto depois Otto não está mais diante da mesa. Está em movimento, novamente impulsionado por forças irresistíveis, perdido em algum canto da sala. Às suas costas segue um murmúrio vivo, contínuo e gravitacional, um vapor extremamente denso que o impede de ver com nitidez os que estão mais ao fundo.

13

Bella bateu a porta, não estava nervosa, no entanto, desgraçado, ela disse, desgraçado, desgraçado, repetiu duas, três vezes, andou até a escada e parou. Ficou algum tempo parada, pensando no que é que devia fazer, sem se arriscar a descer ou a voltar. Deu meia-volta e voltou. Estava atropelada. Parou. A porta continuou fechada. Porém através do vidro via-se claramente o interior da repartição, uma parte das camadas externas do imenso grupo que se aglomerava lá dentro.

Otto vinha pelo corredor, arrastando-se como um cão perdigueiro, bufando, igualmente atropelado. Vinha pelo corredor, murmurando, mais com os punhos do que com a língua. Filho da puta, era o que ele dizia para si mesmo. Filho da puta. Sua boca se enchia de espuma a cada nova repetição das palavras definitivas. No ar, entre as paredes, tudo parecia tremer na presença da sua voz. Mas havia algo errado. Otto percebeu o que era e se corrigiu. Filhos da puta, todos eles. Corja, cães. Agora sim estava correto. Não era apenas ele, o subsecretário. O grande problema eram elas, as pessoas sem vida, sem alma, perdidas na multidão, constituindo-a. Eram elas, não eram?

Otto não estava andando, mas não conseguia parar. Estava furioso.

Bella abriu a porta para que ele pudesse passar.

14

Otto andou mais alguns metros e parou diante da escada, sem sequer se dar conta de que a porta, agora às suas costas, abrira-se para a sua passagem de maneira mágica, celestial.

Filhos da puta.

Nada poderia detê-lo. Nesse momento, uma porta abrira-se para ele da mesma forma mágica com que todas as portas fatalmente se abrem diante de um homem furioso.

A princípio a presença quase esfarelada de Bella, ao seu lado, passou completamente despercebida. Otto, contrariado, remoendo impropérios, não via, não ouvia nada.

Haveria vento nesse labirinto de edifícios acinzentados?

Otto parou a poucos centímetros do primeiro degrau e olhou para baixo, para a pilha de ferragens depositada no asfalto, muito longe dos seus olhos, lá embaixo, como se fossem um amontoado de miniaturas sujas, outrora espalhadas pela rua, longe dos seus pés, das suas mãos. Enfiou as mãos nos bolsos, para fugir da insuportável sensação de não saber o que fazer com elas. Podia sentir os músculos da nuca, podia ouvir seu próprio pulso tiquetaqueando nos bolsos das calças. O lugar estava cheio de tique-taques. Porém, depois de um certo momento, calaram-se todos os outros sons, ficando apenas em primeiro plano o dos pulsos nos seus bolsos.

A rua estava ocupada por máquinas, caminhões e

homens com capacete. O edifício da prefeitura, de fora a fora, estava coberto por um véu de náilon. As pedras caíam do último andar, escorregavam pelo véu e explodiam a meio metro da parede. Os homens batiam no concreto e as pedras caíam.

Otto perambulava por seus pensamentos, sozinho, e quando a cena dessa demolição chegou à sua consciência, ele simplesmente murmurou, falta sorte neste lugar, é, porra, que grande falta de sorte.

Aposto que vão quebrar tudo, murmurou mais uma vez, sentindo que a sua língua tentava, com muito esforço, convencê-lo de algo já bastante sabido.

Tirou as mãos, os pulsos, dos bolsos, para se proteger da fuligem. O tique-taque cessou.

Imediatamente um milhão de sons cobriram seus ouvidos. O torpor quente dos dias de verão, as máquinas na rua, os homens batendo no concreto e as pedras caindo, rolando, explodindo em toda parte.

Otto olhou para baixo. Sua sombra estava parada, dobrada sobre os degraus. Subitamente ela se mexeu e andou até a porta. Depois ela parou diante da porta, apreensiva. Otto veio da escada até a porta, parou sobre a sombra e ficou. Estava com as duas mãos na maçaneta, pronto para girá-la, mas ao se aproximar da pequena janela entreviu dois rostos que surgiram de repente, refletidos no vidro quase ao mesmo tempo.

ALGUM LUGAR EM PARTE ALGUMA

Um feminino, de touca, estreito e comprido como um pepino. O outro, masculino, negro, redondo e enrugado como uma ameixa.

Parado diante da porta, Otto retrocedeu um pouco, aterrorizado. Suas roupas, sua barba, tudo nele estava emporcalhado. Você podia se vestir melhor, não podia?, Bella havia-lhe dito de manhã no barraco.

Deu meia-volta e pela primeira vez, decepcionado, percebeu a presença da mulher, seu rosto também refletido na janela. Sim, lá estava ela no meio do tumulto, mais próxima do que nunca. Não havia a menor dúvida. Atrás dos dizeres pintados no vidro lá estava ela, Bella.

Algum dia, ela pensou olhando-o nos olhos, sim, algum dia haveria de me reconhecer, não?

Otto, em mangas de camisa, descalço, parecia mil vezes afogado nas nuvens, no depósito de lixo, em todos os lugares malcheirosos e vis.

15

Bella sentou-se na escada, no terceiro degrau contando-se de baixo para cima, de modo que seus pés puderam finalmente descansar, soltos, na calçada, e o corpo pôde mais uma vez debruçar-se sobre si mesmo, sobre os próprios membros.

Sentada, puxou com os pés um cascalho, um antigo pedaço dessa mesma escada, cercou-o e fez com que rolasse de um lado para o outro molemente, apenas para observar os pequenos grãos de poeira desprendendo-se em fragmentos cada vez menores, muitos, até que o pedaço de escada solto no chão desapareceu ao lado de uma centena de outros pequenos pedaços, todos aparentemente iguais, espalhados pela rua.

Otto e a sua sombra desceram os degraus e foram andando, desviando-se do entulho, sem nenhuma palavra de afeto.

Bella, prestativa, levantou-se e os seguiu.

16

Iam pela calçada, arrastando as pernas, ora em linha reta ora desviando-se dos homens uniformizados com ferramentas ou de algum buraco no chão. O lugar estava cheio de ruídos e de máquinas. Otto, prestes a se afogar nesse turbilhão sonoro, parou numa esquina e esperou.

Bella tentava acompanhá-lo, lançando suas pernas, seus pés, contra a calçada. Porém isso era muito doloroso. A cada dez, doze passos, ela exausta parava e se encostava na parede. Então, com seus olhos brancos também parados, ela fixava o chão sem conseguir ver

sua beleza, nem a sua utilidade, nem a poeira depositada aqui e ali com mil nuanças sutis, solta, à vontade
entre as pedras plantadas no chão e na parede iri-
descente onde a mulher estava encostada. Mas essas
paradas eram de pouca duração, pois ela era teimosa.

E lá estava ela novamente em pé, Bella, de novo
errando pela calçada, alternando sua posição da sombra para a claridade, da claridade para a sombra. Sofrendo, sim, porém sem deixar que isso pudesse
transparecer. Com bastante indiferença, é claro.

Na esquina um guarda entrou numa cabine, talvez
para responder a um chamado telefônico, quem sabe,
vestido de cinza, levando uma coisa comprida e escura
na mão, uma chave, talvez, quem sabe.

Otto encostou-se na parede. O guarda, pouco depois, saindo da cabine passou ao seu lado. De repente
tudo parou e fez-se novamente o silêncio, intransponível, absoluto, sim, ele, mais uma vez.

Quando eu paro, como agora, Otto pensou, os
ruídos recomeçam estranhamente altos, mas apenas na
minha cabeça. No entanto, fora dela, na rua, tudo me
parece mergulhado na mais absoluta quietude. Otto
concluiu isso, de maneira que assim lhe pareceu, durante as crises de surdez, ser possível reencontrar a
audição pelo avesso, pela ausência de ruído.

Continuou parado, mal-humorado, esperando que
Bella o alcançasse.

No entanto, Bella ainda estava longe.

Um ônibus apareceu. Otto, cansado de esperar, entrou nele. O ônibus estava cheio, principalmente de funcionários com aparência próspera, com licença, perdão, com licença, a maioria estava em pé, se esfregando sem pudor.

Próximo à porta de entrada, Otto, em pé, sem querer encostou uma das pernas na perna de uma mulher gorda e muito branca, com uma sacola de compras na mão.

Então, pela janela, encontrou os olhos de Bella ainda na calçada, visivelmente decepcionados, vindo o mais rápido que suas pernas lhe permitiam, mas ainda muito longe, longe demais para alcançar o ônibus, até que tudo se desfez, as portas se fecharam, os edifícios começaram a se mover, veio uma nova rua e tudo se repetiu.

O ônibus andou, parou, tornou a andar. Parou na esquina, virou à direita, depois novamente à direita.

A mulher gorda e muito branca — quase vermelha — se levantou e ele sentou-se no seu lugar.

Do lado de fora uma multidão de cabeças passava rente aos pneus, sempre à direita, ao redor do quarteirão. O ônibus voltou a rodar, sinto muito, me desculpe, perdão, e meio minuto depois parou dentro de uma nova multidão que o aguardava, tomando um pedaço da rua. Como vai, obrigado, tudo de bom, adeus, saudações cruzadas de sardinhas em lata. Otto tentou dar passagem às pessoas que o empurravam, quase escorregou do banco, cuidado, minha perna é muito sensível, doente, alguns homens desceram, uma mulher esbarrou nas suas pernas, uma mulher metade dentro, metade fora do ônibus, então ele se virou para empurrá-la, ela lhe deu um safanão, mil perdões, ela disse cinicamente, ele se voltou para revidar, ela lhe deu outro golpe e sentou-se ao seu lado.

Era Bella.

O ônibus voltou a rodar.

Rodou. Rodaram pela cidade, depois pelos bairros mais afastados, pela marginal, durante quase duas horas.

17

Cão tinha pêlo negro e encaracolado. Cão era, durante todo o tempo, assanhado, divertido. Ninguém na favela batia nele. Ninguém zombava dele, ninguém corria atrás dele.

Durante o dia, nos dias de calor, Cão saía à rua, andava sempre muito devagar, estava velho e, diante de cada porta aberta, ficava parado por muito tempo, pensando se devia ou não entrar, até que entrava, sa tisfeito, quase sem ser notado.

Cão latia baixo, sem pressa, profundamente. Às vezes coçava e mordia onde os carrapatos o incomodavam, até sair sangue. Bella então desinfetava as feridas com álcool e as protegia contra a poeira e a chuva. Cão grunhia de dor e muitas crianças vinham até a porta ver o que é que estava acontecendo. Cão era muito querido entre as crianças pequenas.

18

Uma nuvem embolou-se com várias folhas de jornal levadas pelo vento, criando no céu uma mancha bastante definida, quase orgânica. A mancha saltou sobre a terra, latindo, erguendo poeira, invadindo a cozinha, o quarto onde Bella dormia, atirando objetos no chão, transformando tudo dentro do barraco engordurado e fora de prumo.

Bella acordou empapada de suor.

Era noite ainda e apesar da chuva de há pouco, derramada no vão entre a madrugada e o alvorecer, não havia mais esculturas e desenhos no céu. Nem nuvens e estrelas. Apenas uma fina camada de fuligem, homogênea, cobria parte da sua janela, refletindo a luz da cidade e os faróis dos carros.

ALGUM LUGAR EM PARTE ALGUMA

19

Bella muitas vezes voltou ao local da antiga ponte, agora deserto durante a maior parte do tempo. Estavam construindo uma nova ponte ali, tão pequena quanto a anterior. A conclusão da obra, segundo o que ouvira de um dos operários, estava prevista para dali a seis meses.

Bella não podia esperar seis meses. Não queria. Mesmo assim voltava a esse local todos os dias. Voltava. Todos os dias. Um pouco depois da saída dos operários, voltava para acompanhar os progressos da construção, poucos, devido à falta de bons homens no canteiro de obras. Três ou quatro, no máximo.

A nova ponte seria azul, como a antiga, como o rio, reflexo do céu. Bella ouvira isso também de um operário. Azul. Como o seu vestido.

Bella andava sempre com o mesmo vestido azul, tão velho quanto o rio e o céu. Nunca estava sujo, nunca estava passado. Talvez porque Bella o lavasse todas as noites antes de dormir e o deixasse pendurado perto da janela, para secar, até o dia seguinte. Ou então porque ela nunca o sujasse realmente. De qualquer forma, Cão, em qualquer parte, sempre reconhecera o vestido. Sempre reconhecera o cheiro azul do vestido, sempre.

20

No alto do morro outra construção rompia a casca, ao lado da futura ponte, posicionada entre os barracos da favela. Mas para que essa nova construção desabrochasse era necessário demolir o que quer que estivesse no local. Já haviam tirado todas as telhas de um prédio condenado, e o ferro, agora aparente, lançava sombras ramificadas sobre o entulho, sobre os restos das telhas no chão, que, misturados com a água suja, cobriam os canteiros ao redor com um mosaico feito também de grades de arame e placas de barro malcheiroso.

Uma parede subia, outra descia quase ao mesmo tempo.

Lá em cima, apesar da hora extra, as picaretas continuavam a despregar pedras e tijolos, fazendo-os rolar com grande estardalhaço por canaletas de madeira, arremessando gesso e cimento de um lado para o outro, continuamente, do alto dos andaimes.

Bella olhava o descer e subir dos baldes, das roldanas, os rumores da rua.

Havia um movimento constante ao lado da ponte.

Dentro dessa nova construção nove colunas iam ganhando altura, aço, concreto. Fora, na parede arruinada do prédio condenado, na parede povoada de operários, rasgos paralelos enchiam de ar o que antes parecia sólido. Pelas frestas que iam desdentando sucessivamente as muralhas surgia, livre de qualquer segredo, um esqueleto de ferro e madeira, antigo, muito apodrecido, prestes a desaparecer.

Ao cair da tarde, o prédio estava mais próximo da terra. A moldura das portas, porém, permanecia ainda de pé, no alto, suspensa sobre a sombra das próprias dobradiças.

21

Bella olhou pela janela do ônibus e tentou imaginar o que poderiam estar fazendo todos aqueles homens lá adiante, no ponto de ônibus seguinte.

Alguma coisa parecia fora do lugar, pois, reunidos ao redor da placa de parada, eram muitos, usavam uniformes diferentes, gesticulavam e apontavam com movimentos ásperos na direção do próprio prédio da estação rodoviária, a poucos metros dali.

Estão contando o número de tijolos, alguém comentou, provavelmente o casal de feirantes que estava sentado à sua frente.

Otto estava sentado entre eles, entre o homem e a mulher.

Estão contando o número de tijolos para uma futura demolição, comentavam, circunspectos.

Bella tentou ouvir o que diziam os homens na

plataforma, mas era tarde demais. O ônibus chacoalhou, fez uma curva e parou mais adiante. Chacoalhou mais uma vez, as luzes piscaram, parou, tornou a chacoalhar, as janelas um pouco soltas tremeram contra o batente de ferro. Entrou numa avenida. Parou no farol. Muitos automóveis pararam no farol.

Bella viu ao seu lado um caminhão e uma kombi. Otto não se interessou por isso. Ele estava quieto, dentro de si mesmo.

O sinal abriu e, mais ou menos com a mesma vontade, todos os veículos puseram-se a rodar.

Rodaram.

Alguns quarteirões depois, o rio. Outra avenida, agora mais larga. Mais caminhões, ônibus e kombis. Nenhum farol. O ônibus engasgava e acelerava, seguindo sempre em frente.

Bella afastou o rosto da janela.

A princípio, no horizonte, foram surgindo pequenos prédios abandonados, não muitos. Aqui e ali, duas ou três casas caindo aos pedaços, nada mais. Nada que não possa ser posto abaixo com um simples golpe de marreta, pensou Bella, apreensiva. Estava escurecendo.

Eu não sei mais se devo realmente ir ou não, Otto está tão contrariado, ele detesta aquele lugar, pensou.

Fora, os automóveis trepidavam. Seguiam a mesma faixa, todos na mesma direção.

De repente, ao sair de um túnel, Bella arregalou os

ALGUM LUGAR EM PARTE ALGUMA   119

olhos. Uma dezena de edifícios, talvez mais, quinze ou vinte deles, espalhados inesperadamente por um descampado imenso e contínuo, ocuparam toda a janela, todas as janelas, quase como uma explosão silenciosa. Mas não se tratava propriamente de um descampado. Era um cemitério, uma grande área demolida cheia de escombros, cheia de montanhas e vales cobertos de material retorcido. Uma superfície misteriosamente irregular, morta. Uma superfície mole e úmida, mas nem um pouco indefesa. Lá e aqui, ao redor do ônibus, em todo lugar, grupos de velhos, monstruosos edifícios — caixas de concreto sem conteúdo, desertas — espalhavam-se por toda a margem direita da longa avenida, perdidos na eternidade.

Bella apoiou-se na janela e assim, com o nariz rente ao vidro, o descampado pareceu-lhe muito mais antigo, mumificado, misterioso, seco, enfraquecido, poderoso, do que o que havia visto um segundo antes.

Pareceu-lhe também muito mais cruel.

Um conjunto residencial vazio de vida, cheio de espectros do passado. Uma região árida e mal-assombrada. Nela tudo estava parado e quieto, como na mais fria das noites. Nenhuma ferramenta, nenhum operário percorria as suas trilhas, simplesmente porque não havia trilhas em parte alguma.

Havia apenas um latido baixo e distante.

Bella mexeu-se no banco, assustada. O que é isso?

Um latido distante, mas incrivelmente presente. O latido de um cão que vasculha os escombros em algum lugar, perdido em escavações profundas, vazias.

22

Meia hora depois, sozinho, junto com dezenas de outros atropelados, Otto desce do ônibus diante do prédio da prefeitura. Dentro do corredor caminha sozinho, porque Bella não está mais ao seu lado.

23

Bella está de pé ao lado da avenida, os dedos entrelaçados rente ao peito. Está de pé, apenas.

Ouviu o latido minutos antes. Parecia mais próximo. Ouviu e viu, talvez tenha visto mesmo, contra o fundo plano e craquelado, uma silhueta, a sombra de um cão, com certeza a mesma sombra que um dia pertencera ao seu querido e fiel Cão.

Contra o reflexo luminoso dos edifícios, nada. Talvez. Não dá para se ver muito bem, mas ele está lá, uma sombra metida entre os escombros, indefinida, camuflada. Uma sombra.

Sim.

Bella está de pé ao lado da avenida. Lá, em algum lugar. Cão. Ela está certa disso.

24

No corredor Otto fura uma fila de poucas pessoas, sem titubear. Ninguém diz nada. Ele traz no rosto os contornos lascivos de um demônio imemorial, um demônio decidido a triunfar, muito decidido.

25

Bella está de pé ao lado da avenida.

Agora está entrando na paisagem, nas ruínas.

Bella, enquanto anda, não percebe que visto de perto o terreno é bem mais irregular do que imaginara, bem mais acidentado e cheio de entulho até do que o que havia visto — ou teria sonhado? — pela janela do ônibus. Bella não percebe isso e continua, cada vez mais esfolada, os tornozelos em contato com os fios de ferro retorcido, espalhados pelo chão.

De repente um uivo baixo, sobrenatural.

Bella apura os ouvidos, os olhos. Sua boca começa a salivar. Seu estômago dói como se tivesse sido atingido por uma seta envenenada.

Perdida no meio do entulho, cercada por dezenas de paredes aparentemente vitimadas pela explosão de uma bomba, a silhueta de uma criatura dilacerada, metade bicho, metade pó, afasta-se da luz do sol, aprofundando-se cada vez mais no interior dessa selva árida, retorcida, procurando as sombras.

O uivo, com o afastar-se da criatura, vai lentamente se modificando, endurecendo, tornando-se uma coisa mais palpável, menos sobrenatural, apresentando-se enfim como um chamado cheio de clareza e convicção. Um latido.

26

Otto dessa vez não esperou que lhe dessem uma senha. Subiu apressadamente os degraus, atravessou o corredor furando diversas filas, abriu a porta e foi logo entrando no torvelinho, sendo mais uma vez capturado pelo movimento gravitacional da multidão, sem lhe opor nenhuma resistência.

Apesar da pouca visibilidade, devagar foi reconhecendo a velha sala, os grupos de pessoas compactadas, claramente divididos em facções antagônicas, vindos de diferentes bairros, as brechas entre cada grupo, a janela, o subsecretário, o caderno sobre a mesa.

Otto não se deteve. Jogou o corpo para a frente, ora a favor ora contra o movimento peristáltico, involuntário.

Dessa vez, ah sim, dessa vez haveriam de lhe dar explicações.

27

A silhueta. Bella vai na sua direção, vai até o lugar onde está a silhueta, mas a silhueta não está mais lá, está em outro lugar, mais adiante, mas onde?

Posição de sentido, orelhas bem abertas, ouviu só?, eis novamente o latido, o mesmo latido. Muito perto, em algum lugar à sua frente.

Cão estaria brincando de esconde-esconde?

Sim, claro que sim.

Rente ao chão o terreno forma ondas, às vezes altíssimas, ondas de concreto e ferro, feito um oceano de colunas, como as várias camadas de chocolate num bolo qualquer. Chocolate crocante que Bella sempre põe no bolo de aniversário de Otto. Pilhas de cimento e ferro retorcido. Mas Otto afinal odeia aniversários, principalmente aos domingos. Odeia.

28

— Ei, Otário.

Morgam, o Porco.

— É, você aí, Otário.

Morgam estava no meio da multidão. Estava como sempre onde ninguém esperaria encontrá-lo, com seus trapos sujos, malcheirosos, fazendo careta, gesticulando.

Otto não deu atenção. Pelo menos tentou não dar atenção.

Morgam, o Porco, o filho da mãe. Um chute bem dado no meio dessas suas pernas pretas, ah não, esfolar o desgraçado não vale uma passagem de ônibus, concluiu Otto furioso.

Achou melhor ficar calado, caladinho, é, o melhor era ficar calado, não dizer nada. Ninguém perde um bem precioso por manter a boca fechada. Em boca fechada não entra mosquito. Mas quando Otto, deixando de lado a paciência e se agarrando ao pouco da auto-estima que ainda possuía, virou-se para responder à altura à provocação infame, Morgam já não estava mais ali.

Estava perdido no meio da multidão. O filho da puta.

Sim, perdido para sempre.

A multidão girava com uma velocidade incrível.

ALGUM LUGAR EM PARTE ALGUMA   125

Otto por um segundo sentiu náuseas, além de uma forte pressão no peito. Entretanto, absorvido o primeiro impacto, percebendo-se agora mais tranqüilo, passou a olhar tudo de uma maneira menos confusa, muito mais calma.

De repente se surpreendeu com a quantidade de animais que havia na sala. Animais de várias espécies. Boquiaberto, só então percebeu que toda essa gritaria não era uma gritaria meramente humana. Fora algumas pessoas — menos do que havia imaginado —, mais da metade da sala estava completamente tomada por toda sorte de mamíferos e aves. Um verdadeiro viveiro.

Otto se perguntou como, na sua primeira visita, não havia percebido isso.

Dispostas em bandos, as pessoas quase não falavam, limitando-se apenas a escutar e aprovar os silvos e assobios dos bichos. No entanto, ninguém na sala entendia tal gesto como uma simples brincadeira, ou mesmo uma piada. De maneira nenhuma. Todos pareciam levar muito a sério a patética pantomima que estavam encenando.

Às vezes uma lufada mais forte de ar levanta um pouco de pó, em vários lugares, e isso faz com que Bella espirre, tussa e solte catarro pela boca e pelo nariz.

29

Bella está parada à entrada de uma antiga fábrica agora parcialmente no chão. As portas ainda estão de pé e ela empurra uma das maçanetas para ver o que é que há lá dentro. A fábrica não está deserta: o espírito dos empregados vagueia por suas dependências. O sol entra pelas frestas e orifícios da parede, desenhando uma peneira quente e vermelha sobre o entulho.

E novamente a indesejada lufada de ar trazendo tosse e catarro, surgindo de surpresa, atravessando os escombros.

Mas, apesar do mal-estar, o uivo de um animal rastejante — Cão, com certeza! — obriga Bella a andar, a seguir cada vez para mais longe da avenida. Bella, cada vez mais devastada, cada vez mais fumegante, compondo com o cinza da paisagem, sente-se só e sem alma.

Então novamente a silhueta, a mesma de antes, metida num buraco grande na parede, a mesma sombra aparece do nada apenas para infernizar seus pensamentos. Aparece, a silhueta, acompanhada de um latido profundo e maléfico.

Bella aproxima-se da parede e ouve risos. Curiosa, através de um rombo circular no concreto ela olha e vê, no centro de um pequeno patamar ainda intacto, alguns vagabundos em volta de uma insignificante fogueira meio acesa meio apagada, fervendo chá.

Bella percebe que é chá pelo cheiro, e neste caso, abrindo bem as narinas, percebe tratar-se de chá requentado, chá velho.

No entanto, mesmo estando bem próximo, não consegue diferenciar os homens das mulheres. Suas cabeças estão parcialmente ocultas, pois todos encontram-se metidos ou em cobertores de jornal amassado ou em sacos de lixo.

Talvez fosse interessante chamar a sua atenção. Os vagabundos deste lado da cidade costumam ser bastante amigáveis, mesmo à noite, e não seria ruim duas ou três pessoas me ajudando a vasculhar o terreno, Bella pensa. Mas logo desiste da idéia. Estão muito bêbados, é o que parece. Gesticulam pouco, quase não se movimentam, não conversam, mas dão muita risada.

Um deles com certeza dorme e os outros, apesar da pouca distância, parecem não ouvir o ruído no buraco, o latido atrás do paredão.

30

Longe da fogueira, longe do cheiro de chá amanhecido, Bella detém-se próximo do buraco, seria mesmo apenas um buraco ou o início, talvez, de um longo túnel por onde, enfim, assim lhe parece, passa a corrente de ar que a faz tossir? Otto, no entanto, não estava de maneira alguma interessado no que toda essa gente de regiões diferentes, díspares, estava disposta a reivindicar. Produziam tanta gritaria, tanta algazarra, que por si só o resultado de suas infrutíferas discussões seria capaz de encher num único dia três salas iguais a essa. Otto estava interessado apenas nele, no homem atrás da mesa. E no caderno de capa suja. Mas os animais... Realmente toda essa gente, todos esses bichos o exasperavam. O que queriam, afinal?

31

O subsecretário, de pé, segurando um amontoado de documentos, faz um sinal exageradamente afetado de quem pretende falar. Bella aproxima-se do buraco, afasta algumas pedras, sempre com bastante cuidado. O buraco é pequeno e ela não quer provocar um deslizamento. Remove todas as pedras grandes com muita paciência, às vezes chamando, Cão!, mas quase sem esperanças de obter uma resposta.

Bella deita o corpo mole e informe no chão e começa a tatear em torno do buraco. Num gesto de desespero, enfia a mão dentro dele. Definitivamente debruçada, agora não vê apenas o buraco. Vê dezenas de buracos milimetricamente espalhados pelo chão, pelas paredes, pelo teto quase caindo aos pedaços. O ar, cada vez mais denso. É a sua própria respiração que se descompassa, é a multidão sem fôlego em torno de Otto, ele agora visivelmente compactado, sufocado num canto qualquer, talvez no canto menos significativo da sala.

No entanto para o grupo mais afastado da mesa, e Otto encontra-se nele, as palavras do subsecretário surgem inaudíveis, abafadas por um estranho chiado. O ruído faz Otto pensar se a sala não estaria cheia de cobras rastejando entre as pernas das pessoas e dos animais. Bella afasta-se, assustada, arrastando o corpo para longe das pedras, espalhando areia, ao ouvir esse chiado rouco que, saindo do buraco, quase arranca a sua mão. Encostada na parede oposta, sem respirar, ela não tira os olhos do buraco. O chiado diminui e retorna ao fundo da toca. Otto, olhando para cima, tranqüiliza-se. É apenas o relógio de parede prestes a dar as horas. Após um segundo cheio de tensão, o sibilar é imediatamente seguido de um sussurro e finalmente, num esforço supremo, engasgado, o relógio bate dez horas, com um som que se assemelha a pauladas num pote rachado. Em seguida o pêndulo, posto antes num segundo plano, volta a se fazer ouvir, estalando tranqüilamente, nheque-nheque, para a direita e para a esquerda, sem ser incomodado.

Otto, atento às batidas do relógio, esquece-se de

prestar atenção ao que o subsecretário está dizendo. Esquece-se. Bella afasta-se cada vez mais do buraco, afasta-se, e o subsecretário enfim, com uma pausa solene, encerra seu comunicado.

32

E a multidão se move.

Pela porta da frente, por mais que alguns assistentes insistam que não há mais senhas disponíveis, continuam entrando pessoas que, na certa sem o saber, vão involuntariamente alimentando a maré.

Otto, ao deslizar os pés pelo fundo da sala, agora menos deslumbrado do que da primeira vez, tem a chance de lançar uma olhadela para além da muralha de cabeças.

Em plena circunavegação, ele vê que a sala é toda ela forrada de papel, o tipo de papel bem velho e amarelecido, listrado. Nas paredes há quadros representando pássaros, é isso mesmo, pássaros. Pois sim, sorri Otto. E não há apenas uma única e grande janela, como imaginava, mas várias janelas, grandes e imponentes, e cortinas e biombos por todos os lados.

No fundo da sala, Otto vê o subsecretário em pé e, como sempre, ausente, próximo à janela maior, a mais antiga e trabalhada de todas, a janela ideal para os suicidas. O subsecretário. Há, no batente em que ele se apóia para observar o topo dos demais edifícios, uma infinidade de desenhos arredondados, maneiristas, desaparecendo atrás das cortinas. E entre as cortinas, pequenos espelhos antiquados, com molduras em forma de folhagens enroladas, reproduzindo à exaustão as centenas de rostos em movimento dentro da sala. E atrás de cada espelho, uma série de coisas enfiadas: recortes de jornal, documentos inúteis, boletins carimbados, memorandos. No extremo oposto da sala há ainda o relógio de parede, com arabescos nas laterais e flores pintadas no mostrador.

Além disso, impossível notar qualquer outra coisa.

Pálpebra contra pálpebra, ofuscado, Otto sente seus olhos grudados, como se alguém os tivesse pincelado com cola. Seu rosto está meio pálido e seu estômago, muito enjoado com o vaivém.

Um minuto depois, por uma portinhola lateral, entram uma velha e seu cão, um buldogue já de certa idade, usando na cabeça uma touca de dormir colocada às pressas e uma manta de flanela no lombo. Mas em seguida Otto logo percebe algo inusitado. Não se trata apenas de uma velha, mas de cinco ou seis velhas, todas conduzindo seus próprios cães, buldogues, dobermanns, chihuahuas, pela portinhola lateral.

132 ALGUM LUGAR EM PARTE ALGUMA

33

Bella agora arrasta-se atrás do animal.
Quase pode vê-lo entre as sombras.
Ele corre mais uma vez. Corre com o verão, deixando para trás o prédio naufragado, o esqueleto do que antes havia sido uma fábrica, sim, corre com o som das folhas secas no seu encalço e entra numa casa, ou no que antes havia sido uma casa, na sala de jantar onde uma família morta, invisível, está prestes a terminar sua refeição vespertina.

Bella segue suas pegadas. Percebe seu cheiro em cada novo esconderijo.

Talvez não seja Cão. Se é ele, emagreceu. O pêlo caiu-lhe em vários pontos, as costelas sobressaem-se num fundo amarelo onde manchas escuras, cobertas de poeira, supuram e sangram.

À menor aproximação, suas orelhas ficam em pé. Depois dispara como um fantasma através do entulho. Foge precipitadamente na direção do próximo cômodo em ruínas, rodeia os tijolos, entra nos pequenos túneis abertos nas paredes, há séculos, por mãos invisíveis, pára uma, duas, três vezes, meio desorientado, e continua aos pulos, aparentemente sem destino.

Bella arrasta-se pelos cômodos da velha casa, sem pressa. Enquanto anda, percebe que a casa apesar de velha, quase sem teto, não está morta. E Cão também

ALGUM LUGAR EM PARTE ALGUMA

parece saber disso, por isso ele evita latir ali. Agrada-lhe o silêncio empoeirado das paredes que, talvez por décadas, preencheram e sustentaram os aposentos dessa construção tão quieta e adormecida.

Nela, nos seus túneis, solitário, Cão evita mostrar-se. Cão é um bicho esperto.

34

Bella move-se com dificuldade, estalando os dedos e assoviando, aqui, cãozinho, aqui, vem.

Está dentro de um corredor bastante obstruído. A fim de contornar a massa de areia e pedregulho que barra a sua passagem, ela entra mais uma vez na sala, segue em frente, atravessa parte do corredor e chega à janela baixa da cozinha.

Ali o teto não existe mais e Bella, um pouco surpreendida, percebe que talvez há várias horas já é noite fora da casa.

Fecha os olhos. Sente a dor insistente que percorre suas pernas. É melhor eu continuar andando, pensa.

Continua parada. Os olhos fechados.

Durante muito tempo, quando criança, Bella sentira medo da escuridão. Sentira medo simplesmente porque esta, durante a noite, nunca havia sido plena, insondável. Na escuridão do seu quarto sempre existira

134 ALGUM LUGAR EM PARTE ALGUMA

um fio de luz vindo de fora, provavelmente da lua. Um fio de luz tênue e cortante. Por isso sentia medo. Medo dessa luz prateada que recobre todas as coisas, luz fantasmagórica, crescente, talvez a verdadeira luz dos objetos. A verdadeira luz, alguém duvida?, o clarão da lua, obsessivo, que entra pelos poros, pelas paredes e banha toda a paisagem por mais fechada que esteja.

Bella, parada, volta a andar.

Pensa na lua, no medo da escuridão. Sente vontade de parar novamente. Mesmo assim continua.

Devagar examina o terreno ao seu redor. Vê o animal coçando-se num canto, o corpo todo machucado, os olhos perdidos. Apesar da noite há luz dentro do cômodo. A criatura, quieta. Além da lua, os automóveis na avenida iluminam parcialmente sua fisionomia demoníaca, sem vida.

Bella chega mais perto.

Fitando-o de frente, nos olhos, pensa que não seria má idéia atrair sua confiança com um pedaço ou dois de carne. Sempre estalando os dedos e chamando-o pelo nome, procura nos bolsos, mas o máximo que consegue encontrar são pedaços pequenos de pão. Mesmo assim vai jogando na terra, um a um, o que tem, distribuindo-o da melhor maneira possível.

O animal espia seus movimentos. Desconfiado, enrosca-se numa coluna ainda intacta e vai se desviando até ficar no outro lado da coluna, agachado e inquieto, mostrando apenas dois olhos negros. Uma sede terrível queima-lhe a garganta. Põe-se a latir, sem mais nem menos, e deseja morder Bella, cravar seus poucos dentes nela. Na verdade não late. Uiva baixinho e os uivos vão diminuindo, tornando-se quase imperceptíveis.

Cão, devagar, consegue se ocultar do outro lado da massa de areia e pedregulho.

Agora há uma grande escuridão em toda parte. Com certeza até mesmo a lua não deve estar mais presente, talvez coberta por alguma nuvem. Mas isso na certa não vai durar muito.

Aborrecida com toda essa manobra, Bella volta pelo corredor, esgueira-se de novo ao longo da parede da cozinha, pára numa passagem estreita e finalmente entra no cômodo onde o animal está escondido. Otto, por outro lado, aproveitando-se de um movimento inesperado e convexo dentro da multidão, esgueira-se ao longo das cortinas, abre a porta dos fundos e sai, ganhando os corredores, depois a escada e por fim a rua.

35

Otto caminha pela calçada. Um novo prédio vai ser demolido. Caminha, bebendo de uma garrafa. Uma nova região em breve estará de pé sobre a antiga.

Na primeira esquina, ao lado da prefeitura, operários sobem por uma escada até um andaime estacionado próximo a uma janela. O andaime, agitado por bruscas sacudidelas, parece estar prestes a cair sempre que a intensidade do vento aumenta.

Trabalham sob a luz de holofotes.

As sombras se alongam, os muros se multiplicam. Bella passa rente à avenida, rente aos muros e aos terrenos prudentemente cercados, que nada têm a esconder, nada, mas escondem mesmo assim, só por medo, o pouco que ainda lhes resta.

Otto, sem olhar nem à esquerda nem à direita, caminha.

Otto caminha longe dos muros, longe da avenida, ou talvez apenas finge caminhar, encontrando-se na verdade imóvel, roçando a terra, no escuro, com seus pés imundos, seguindo por atalhos pouco conhecidos espalhados por toda a cidade, seguindo trôpego como se desvendasse um mapa muito complexo, posicionado ora acima do chão ora abaixo, ora sobre a sua própria cabeça ora sobre a cabeça de Bella que também caminha muito longe dali.

A solidão umedece os olhos.

Mas Bella não está sozinha.

36

Otto caminha pela calçada, exausto, enredado numa série de pensamentos sem sentido, bêbado. Seus pés vão e voltam sobre uma nuvem de poeira, no escuro, transformados em marmotas, em coelhos. Os pés maravilhosamente transformados. Caralho, e quando tornam a ser apenas pés ele não os traz para perto de si simplesmente porque não pode, antes os deixa lá, indo e voltando longe de tudo, e o que é pior: longe um do outro, ainda que menos longe do que quando estão deitados, dormindo. Os pés.

Otto caminha pela calçada, pela trilha que o levará à favela, seguindo por terrenos baldios, por matagais, passando muito tempo depois ao lado da ponte que ainda não é ponte, é só juntas e articulações sobre a água, só traves e cabos de aço voltados para o futuro, a estrutura ainda no princípio.

Diante dessa construção e das demais, centenas, erguidas às margens do rio, seus olhos, sentindo-se de fato em casa, enchem-se de lágrimas.

Um choro absurdo obriga-o a gritar.

Otto vai até uma parede sólida e fria, provavelmente a primeira coluna da ponte inacabada, somente para sentir a sua textura, a sua consistência.

Sim. Ela existe, é real. Não aqui, não nesse instante. Porém em outra dimensão, numa outra região da sua cabeça perturbada, em pânico. Numa região maravilhosa e quente, feliz e aconchegante, distinta de todas as outras, tão monótonas, frias, infelizes, desconfortáveis.

Está bêbado.

Por outro lado se as regiões se fundem umas nas outras, como está inclinado a acreditar, é possível que nessa mesma noite Otto, cochilando numa lona ao lado da coluna, tenha saído dela, da construção, para outro lugar em outro tempo qualquer, várias vezes, e voltado sem sequer perceber que estivera fora.

Fora. Porém acreditando estar dentro.

Otto levanta-se abruptamente, sentindo a garganta queimar.

Está bêbado.

37

Otto está em casa.

É tarde, o sol já quase para nascer. No entanto, o movimento dos automóveis, dos faróis contra a janela, continua sem cessar. Otto, em casa, dorme.

O conjunto de barracos, de casebres, no lado de fora, com as suas pequenas janelas completamente desertas, encontra-se muito distante, dentro de uma pintura abstrata e sombria.

Otto às vezes se mexe violentamente na cama, e acorda.

De pé, meio morto meio vivo, percebe, ou acredita perceber que ainda é noite e volta a se deitar. Dorme. Durante o sono volta a se mexer. A princípio a sua dor é ainda inconsciente. Ele continua de fato a dormir. Uma agitação desagradável sacode o seu sono, da qual, resmungando, parece querer se livrar. Só depois de algum tempo é que volta a abrir os olhos.

Então, com dificuldade, resolve levantar-se e sair do quarto, como todos os dias, de mansinho, sem fazer barulho, para não acordar Bella. Do quarto passa quase às apalpadelas à cozinha ainda escura e chega ao banheiro.

Do banheiro, ainda em transe, olha para a cama e só então nota que Bella não está deitada ali, nem em qualquer outra parte do quarto. Percebe a ausência dela. Percebe, Otto, os cotovelos nos joelhos, cabisbaixo, sentado na privada.

Mas não percebe o cheiro crescente de terra estranha, o cheiro de noite dentro da noite, que vai se espalhando devagar por cima dos móveis. Não percebe o cheiro nem o ruído de um animal que atravessa as ruas, de um animal distante, as ruas quase em círculos, o animal quase sem pêlos, nos braços de uma velha atropelada. Não percebe Cão. Mesmo que não seja ele, Cão. Mesmo que aquele focinho cinza no colo de Bella nem ao menos se pareça com o focinho dele. Não importa.

Mesmo que seja outro focinho, outro gemido.

E agora pelo vão escuro do batente, em intervalos, pelo portão que dá para a rua, de tábuas apodrecidas, o ruído de pés se arrastando, um, depois o outro, com dificuldade, lentos, lentos, começa a tomar conta da sua atenção, dos seus desejos, dos seus ouvidos.

Talvez devesse sair do banheiro e abrir a porta.

Otto abre a porta.

Não faz mal. Mesmo estando ausente, Cão está de volta.

ALGUM LUGAR EM PARTE ALGUMA 141

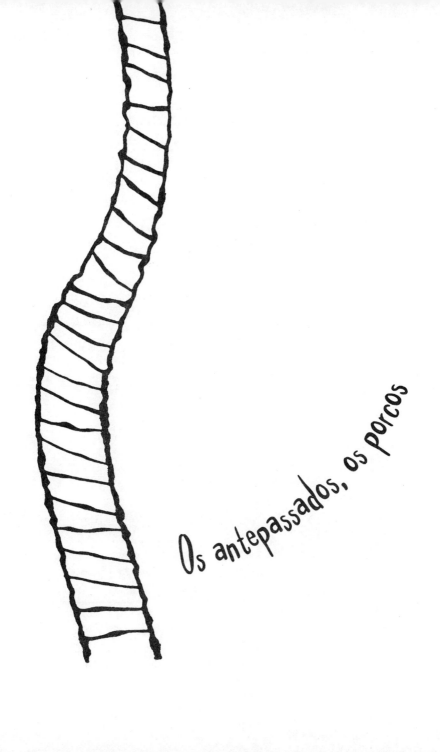

1

O primeiro porco apareceu na véspera de Natal. Tia Emília, que vinha da cozinha com uma bandeja de doces e outra com xícaras e uma cafeteira, ficou pasmada, totalmente imobilizada no meio da sala. Passado algum tempo, readquiriu energia para abrir a porta e enxotá-lo.

De que nos serve pagar impostos, resmungou ela, se cada vez que esquecemos uma porta aberta acabamos sempre com a maior parte de nossa privacidade violentada?

Tia Matilde, porém, não pensava assim, foda-se a privacidade, mas ao tomar conhecimento do que havia acontecido um arrepio subiu-lhe pela espinha.

Naquela época tia Matilde achava bastante razoável a crença de minha família na imortalidade da alma. Para ela e para todos nós, a alma dos entes queridos que havíamos perdido se achava cativa nalgum ser

OS ANTEPASSADOS, OS PORCOS

inferior, num animal, num vegetal, numa coisa inanimada qualquer, efetivamente perdida para nós. Ao menos até o dia, que para muita gente nunca chegaria, em que nos seria concedido passar pelas imediações da tal árvore, entrar na posse do tal objeto ou travar contato com o tal bicho que lhe servia de prisão. Então, depois de lançar um clarão mágico sobre si mesma, ela voltaria a palpitar, nos chamaria e logo que a reconhecêssemos, pimba!, estaria quebrado o encanto. Libertada por nós, ela finalmente venceria a morte e voltaria a viver conosco.

Tia Matilde, ao pensar nisso, deve ter achado que a estranha aparição daquele porco na véspera de Natal só podia ser um presságio.

2

Ao acordar encontrei a figura de Pedro Bóris, meu tio, ao lado da cama. Vestia um casaco velho e pedia silêncio com o indicador colado aos lábios. Parecia ignorar completamente a presença da minha mulher, que dormia ao meu lado. Fiz-lhe sinal interrogativo com a mão, curioso para saber o porquê da sua presença no meu quarto àquela hora. Tio Bóris no inverno geralmente se levantava muito tarde, e esse seu costume de alguma maneira se espalhara por toda a casa, atingindo principalmente a nós, homens. Quando olhei para o relógio e vi que eram apenas sete e quinze, encarei-o surpreso e talvez um pouco aborrecido porque a sua invasão estava quebrando a rotina e — pareço até tia Emília falando — minha habitual privacidade. Segurando-me pela manga do pijama, ele me tirou da cama e arrastou meu corpo ainda bêbado de sono até a porta fechada. Fui com cuidado, tentando não acordar minha mulher. Dê uma boa olhada, ele disse. Ajoelhei e encostei o nariz na madeira fria, de maneira que pudesse ver pelo buraco da fechadura.

Susto.

O porco nos observava pelo mesmo buraco. Sem que tia Emília se desse conta, ele havia dado a volta na casa, subido a escada e entrado no corredor.

Durante alguns minutos ficamos ali parados, atrás da porta fechada. Tio Bóris olhava pelo buraco e resmungava. Eu mal conseguia compreender a presença daquele porco, pois a nuvem de sensações abstratas que geralmente acompanha o sono ainda não havia se dissipado, e a figura ofegante, imunda, parada do outro lado da porta, por alguma razão que até hoje não consegui entender aos poucos ia se misturando com certas lembranças vagas cujo teor mesmo agora me é difícil precisar.

Lembranças do passado quase perdido. Sem entender por quê, a postura daquele porco, entre circunspecto e sonolento, devagar, muito devagar foi trazendo à vida, à minha vida, a silhueta de Madalena.

Durante muito tempo, anos depois de sua partida — ela realmente parecia ter abandonado esta casa —, à noite na cama eu ainda procurei formar em pensamento uma imagem sua que fosse simultaneamente precisa, completa, lírica, carregada de carícias e palavras ternas. Mas nunca consegui esboçar nada além de uma espécie de fio tênue e luminoso, recortado e perdido no meio da escuridão, semelhante à linha provocada por um riscar de fósforo num quarto grande e cheio de objetos. Apesar de todos os meus esforços, noite após noite tudo o que me foi oferecido de Madalena significou na melhor das hipóteses pouco mais do que fumaça e umidade.

E de súbito, ao ver o porco pelo buraco da fechadura, independentemente da minha vontade a grande aparição ocorreu. Ali estava, mais uma vez presente, Madalena — seu cheiro, sua voz —, e com ela a mesma paixão de outrora. Pois é. A mesma paixão, só não digo "viva" porque muitas vezes nos passara pela cabeça que sua recusa em nos mandar notícias poderia estar associada a um acidente grave, à sua possível morte.

Quando finalmente me dei conta do que estava acontecendo, a imagem dela, da mesma maneira como havia aparecido, desvaneceu-se no ar. De sua presença sobraram apenas cinzas. Porém Madalena, apesar de tudo, ainda permaneceu comigo, não do modo vívido como havia se manifestado atrás da porta, mas de uma forma muito mais concreta. Sei que não estou sendo claro, mas não posso deixar de remoer sensações. Sua imagem voltou a ocupar no quarto — dessa vez, dentro de nova situação: na lembrança de uma lembrança — o mesmo espaço que, antes sempre seu, era ocupado agora por minha mulher.

3

Numa dessas noites antigas, como sempre metido entre os lençóis eu me lembrei de Madalena. Nada de muito significativo: o sol de inverno refletido no gramado, um par de chinelos que antes pertencera a ela, a maneira como seu vestido colava nas pernas quando ela saía ao vento.

Isso foi muito antes da aparição do porco.

Madalena. Ah, Madalena.

Porém, naquela época, apesar de seu interesse inesperado por mim e por tudo o que se referia à minha pessoa, eu havia observado em silêncio que Madalena não era e jamais viria a ser, absolutamente, uma mulher notável. No entanto, de nós dois apenas eu parecia perceber isso. Razão pela qual em nenhum momento deixei de admirá-la.

Bebericando chá, ainda entre os lençóis também me recordei de sua figura agradável e esguia, dos olhos muito abertos, negros, como dois obscuros redemoinhos. Memórias — nada mais do que pequenos trechos de um tempo quase esquecido. Desde então, desde sua súbita partida, nenhuma carta, nenhum telegrama, nada. O que mais restaria após todos esses anos, eu pergunto, olhando o seu reflexo pendurado na parede: apenas uma imagem em tons de cinza, uma fotografia clara e inequívoca de moldura marrom, cuja origem perdeu-se entre minhas lembranças.

Madalena e minha mulher, ambas usando chapéu de palha, abraçadas, rindo alto. Já não ouço mais o riso.

Da fotografia, das lembranças, passei para o meu quarto, chamado de volta pelos gritinhos excitados de tio Bóris, no momento exato em que tia Emília aparecia na escada, segurando uma vassoura, decidida a colocar o porco para correr. Que estrondo! Apesar de todo o barulho minha mulher não acordou. Tia Emília entrou no corredor, gritando mais para si mesma do que para outra pessoa qualquer. Ela queria botar pra quebrar, tirar sangue das paredes. Imediatamente saímos de nossa confortável posição atrás da porta, com o sincero desejo de fazer o mesmo.

O animal desceu os degraus, ganindo, esbarrando nos móveis, sujando tudo, esquivando-se dos golpes raivosos que desferíamos em seu lombo, tia Emília armada com a vassoura, tio Bóris e eu com um guarda-chuva e um escovão. Da sala passou pro quintal e desapareceu através de uma fenda na cerca.

Corremos até lá na tentativa de alcançá-lo, porém sem sucesso.

Tia Emília, passando na nossa frente, entrou na cozinha, abriu a porta e saiu, sempre de vassoura em riste. Segundos depois voltou branca de susto, sem a vassoura.

Corremos para a cozinha e olhamos pela janela. Havia porcos por toda parte.

A natureza, concluiu tio Bóris retornando à sala, constrói os seres de maneira muito acertada, quase sem erro, mostrando-se assim retilínea em tudo o que faz. Sem nenhum propósito aparente, tudo nela se desen-rola do modo mais agradável e tranqüilo possível. No entanto o natural nem sempre deveria ser encarado naturalmente. Explico-lhes: os porcos, quando em bando, são terríveis.

O resto da família ainda não havia saído da cama.

Sem saber muito bem o que fazer decidi voltar ao meu quarto. Andando pelo corredor vi que as paredes estavam sujas de barro e de pequenos talos de grama amassada — sobras da perseguição. Olhando com mais atenção pude perceber que embaixo do barro pequenos arranhões também confirmavam a passagem de um porco por nossa casa.

OS ANTEPASSADOS, OS PORCOS

Minha mulher não estava na cama quando entrei. Bati na porta do banheiro disposto a contar à dorminhoca tudo o que havia acontecido. A inesperada visita daquela manhã roubara-me o fôlego. Tornei a bater. Bati mil vezes. Então desisti. Ninguém respondeu ao meu chamado, nem responderia. Ouvi barulho de água correndo, e havia vapor passando pelo vão da porta.

4

Dez dias mais tarde, no aniversário de vovó apareceu o segundo porco. Diferente do primeiro na cor e no tamanho, este no entanto manteve distância e não passou do quintal. Enquanto isso, sem que ninguém percebesse um terceiro porco entrou na cozinha, ciscando, meio indeciso, meio perplexo com a nossa desatenção, e saiu calmamente da mesma forma como havia entrado, pelos fundos. Somente à tarde fomos encontrar, para o nosso assombro, a trilha de imundície no chão.

Isso foi há seis dias.

Hoje, pela janela do meu quarto vejo a planície que se esparrama ao redor da casa. O gramado corre primeiro por uns quinhentos metros mais ou menos, afastando-se de nós em alta velocidade, depois começa a crescer abruptamente, a tomar nova consistência e a subir em direção às nuvens. Próximo das nuvens, aí está a floresta.

Quando éramos crianças, Madalena e eu costumávamos correr pelo descampado.

O mais curioso nisso tudo é que, apesar da distância temporal que me separa daquela época, hoje ainda vejo a planície e seu prolongamento com as mesmas cores com que as via na minha infância. Mais uma vez a sucessão dos anos, dos dias e das horas parece querer envolver num estado caótico toda a minha noção de passado e futuro.

Da janela observo a configuração de nuvens que pouco a pouco vai tomando conta de toda a parte sul da floresta. O céu, mesmo depois de tantos anos, continua inalterado, sombrio e assustador, prometendo chuva, sempre a mesma chuva que dia após dia jamais chega.

Haverá um único céu para todos os dias da semana, para todas as pessoas, quer se preocupem ou não com isso? Ou, diferente do que estamos acostumados a acreditar, muitos são os céus, cabendo a cada um, homem ou animal, a cada hora do dia e da noite sua própria e diferenciada configuração de nuvens, cada nuvem com seu brilho e densidade particulares, a vida não sendo outra coisa senão uma sucessão quase infinita de céus, sombras e chuvas?

5

Penso na chuva e no que ela traz quando deixa de ser apenas uma promessa e passa a ter existência física na grama, no telhado, em todo lugar.

Papai e mamãe passeiam pelo quintal, entre as roseiras, atentos às novas formas que algumas pétalas, indiferentes ao que porventura possa vir do céu, vão adquirindo com o passar do tempo. Enquanto andam discutem muito, mas não com palavras. Tudo o que é necessário ser dito eles dizem como surdos-mudos, por meio de gestos, suspiros e movimentos bruscos com as sobrancelhas e os lábios.

Papai não tem amigos, nunca os teve. Mamãe sofre de miopia. Juntos formam um curioso casal. Mas isso não tem a menor importância.

Da janela escuto o barulho invisível e inodoro do relógio às minhas costas. Ritmado como num filme antigo, ele parece estar marcando, tique-taque, tique-taque, a movimentação dos porcos espalhados à nossa volta.

Daqui posso vê-los. Os malditos porcos.

Estão longe, quietos no meio do caminho que separa nossa casa da floresta, vinte ou trinta deles, a maioria sem saber o que fazer. Não se aproximam, não se afastam.

São imundos. Sinto isso como se o cheiro estivesse sendo exalado por minha própria pele. Olhando mais atentamente diria que ali há muito mais porcos do que imaginam os outros habitantes desta casa. Quarenta. Cinqüenta, ou mais.

A maior parte deles, apesar de sua inconveniente presença, até agora não nos trouxe nenhum aborrecimento. No entanto há no grupo cinco ou seis que, indiferentes aos meus disparos com o rifle, não pensam duas vezes antes de invadir nosso território.

Sempre muito excitados, ora perambulam pelo pântano, sob as folhas das bananeiras, ora atrás da casa, ora na trilha de pedras, ora bem embaixo da janela do meu quarto. Às vezes atravessam a cerca, entram no quintal e ficam por ali durante algum tempo, defronte à garagem, à procura de lixo, acotovelando-se, um pouco acabrunhados porém totalmente despreocupados diante de nossas represálias. Tarde da noite retornam a suas pocilgas.

6

Somos prisioneiros dentro de nossa própria casa.

Há alguns dias, logo após o jantar, estávamos prestes a nos reunir na sala, tia Alice, tia Emília e tia Matilde, mamãe e papai, tio Gustavo, tio Bóris e tio Afonso, vovô e vovó, Samanta e Augusto, Menininha, minha mulher e eu, como de costume decididos a passar ali mais uma noite tranqüila quando, mal havíamos acabado de acender a lareira e já começávamos a ocupar nossos lugares habituais no sofá, tio Bóris levantou-se surpreso.

Ouviram o que acabei de ouvir?

Um ruído seco. Folhas ao vento.

Estávamos distraídos demais para ouvir qualquer coisa.

Tia Emília mastigava um pedaço de bolo. Eu folheava sem muito interesse um livro que há muito planejava ler, sem jamais ter-me encorajado a dar o primeiro passo e mergulhar na primeira página. Papai passeava pela sala, tocando com a ponta dos dedos alguns objetos que estavam sobre a mesa de centro. Objetos grandes mas mesmo assim suaves. Erguia-os por alguns instantes e voltava a colocá-los no lugar logo em seguida.

Minha mulher me dizia alguma coisa, e o que ela dizia misturava-se com os parágrafos soltos do livro. Então os parágrafos calaram-se. Perguntei à minha mulher qual a razão de seu repentino silêncio. No mesmo instante o ruído seco se fez presente outra vez.

Os porcos não são maus por natureza, resmungou tio Bóris enquanto espalhava alguns peões sobre um tabuleiro de xadrez. Até mesmo uma pessoa comum, normal, honesta, continuou ele, quando submetida a uma pressão crescente pode chegar a cometer um ou outro delito mais grave.

De repente, um farfalhar de folhas bem embaixo da janela da frente.

Tia Emília, num acesso de raiva, foi novamente até a cozinha, apanhou um facão, abriu a porta da sala e saiu. Repetia-se a si mesma, todavia agora sem a vassoura.

Fora de casa a noite parecia bonita e quente. Mas desta vez nenhum de nós se animou a acompanhar a velha na escuridão.

Um porco — talvez o mais indisposto e doente dentre eles, visto que mancava e apresentava estranhas manchas numa grande área de sua cabeça — ao perceber que tia Emília corria na sua direção, decidida a transformá-lo em infinitos pedaços, também correu e logo desapareceu.

A caça havia se ocultado e pouco depois retornava a caçadora, meio prostrada, voltando pela trilha de pedras ao luar.

7

No início nenhum de nós acreditou que no futuro um ou dois porcos poderiam vir a representar algum perigo. Esta é uma região sem limites. Verde, fria, infinita. Poderíamos, homens e porcos, conviver pacificamente desde que cada qual permanecesse no seu canto. Mas com a multiplicação dos porcos a coisa mudou de figura.

Talvez devêssemos comprar um rifle, sugeriu tia Matilde, sim, um rifle, apenas por precaução, compreendem? Alguns disparos na hora certa poderiam poupar-nos de muitos aborrecimentos.

Todos apoiaram a idéia, principalmente minha mulher. No entanto muitas adversidades vieram com a compra do rifle. Não tínhamos dinheiro para pagá-lo e minha mulher, quando ouviu os primeiros estampidos para o alto no quintal, foi obrigada a se retirar para o quarto porque o som abafado dos tiros lhe provocara forte dor de cabeça.

De lá pra cá não sei o que é pior. Minha mulher me incomoda com suas dores de cabeça, principalmente quando tento me aproximar dela, entre os lençóis. Mas dois cobradores me incomodam muito mais.

Daqui posso vê-los. Estão no portão de casa.

Minha mulher gesticula. Diz que pretendo saldar a dívida na manhã seguinte sem falta. Ela não sabe o que está dizendo, penso.

O mais velho usa um paletó surrado, sapatos sujos, um antiqüíssimo par de óculos e olha para os peitos da minha mulher como se pretendesse encontrar entre eles o dinheiro que ela alega não ter.

De qualquer forma devo permanecer calmo. Travo o rifle e fecho as cortinas para que não percebam minha presença nem o movimento brusco do cano da arma.

O mais velho exibe alguns papéis e, ao mesmo tempo em que os mostra à minha mulher, parece estar argumentando com o mais jovem, seu provável assistente. Tudo não leva mais do que dez minutos. Há seis meses cobram-me este rifle.

No olhar dos cobradores sinto o tédio do meio-dia — hora quente, obesa e cansada. Provavelmente estiveram rodando por toda a região, gesticulando, tirando papéis de dentro das pastas, ouvindo desculpas e lamentações, antes de pararem aqui.

O mais velho e o outro, seu assistente, com relutância voltam a entrar no carro. Não farão nada, pelo menos não hoje. Mas amanhã... Sinto que o dinheiro lhes interessa muito. Trezentos mil divididos em cinco parcelas. Paguei apenas as duas primeiras.

Mamãe se aproxima da janela do quarto. Quer ver o que está acontecendo no portão. Seus olhos soltam faíscas — são os piores inimigos tanto dos cobradores quanto de minha mulher com seu decote exagerado, desrespeitoso, transparente e provocante.

O carro tosse e sai levantando poeira. Passado o perigo volto a guardar o rifle embaixo da cama.

Sem querer escuto vozes no andar de baixo. Tia Emília, tia Matilde e mamãe na certa estão em volta da minha mulher, repreendendo-a pela péssima maneira como se comportou diante dos cobradores, dizendo-lhe palavras duras e afirmativas, mas ao mesmo tempo levantando questões, procurando saber dela o que foi discutido no portão sobre o dinheiro, o novo prazo, os juros. Alheio a tudo isso volto silenciosamente para a janela, pode apostar: sem fazer nenhum ruído a fim de que não venham me chamar lá de baixo para tomar parte na discussão.

8

Fora, as coisas parecem imobilizadas, em muda atenção, para não perturbar o entardecer que duplica e recua os objetos, a casa, a paisagem, ao estender à frente suas respectivas sombras tornadas agora mais densas e concretas do que eles próprios. No entanto o que tem de se mover, uma folha de castanheiro, um esquilo, o vento, move-se expandindo e ao mesmo tempo ampliando o horizonte, como um mapa dobrado que fosse devagar sendo desenrolado.

Menininha está deitada na grama, observando as nuvens, provavelmente procurando a si mesma nelas. Enquanto olha para cima, um, dois, três, ela vai dizendo em voz baixa. Não posso ouvi-la, nem ao menos sei o que isso significa, mas, dia após dia, um, dois, três, dois, um — sempre a mesma lenga-lenga —, fragmentos do que ela está aprendendo na escola, talvez.

Sem perturbar a calma que parece ter se instalado na sala, desço, seguindo imediatamente para o quintal.

No que é que você tanto presta atenção?

Menininha permanece deitada observando o céu, a respiração tranqüila, cada vez mais lenta, o ar entrando e saindo, entrando e saindo pelas narinas, os olhos abertos, os dentes, todos, todos bons, perfeitos, e as nuvens sobre a cabeça, sombras refletidas no vácuo. Um, dois, três, quatro, cinco, seis, sete, oito. Menininha vai enumerando os degraus de uma escada imaginária. Através de sua fala, o céu, apenas o céu parece nesse momento mais nítido do que o habitual.

O quê?

No que é que você tanto presta atenção?

Acho que sim... O quê? Ah, claro. Estou prestando atenção, sim. Fale mais alto. Quase não ouço o que você está dizendo.

Durante algum tempo não voltamos a dizer mais nada um ao outro. Tudo o que viesse a ser dito entre nós acabaria parecendo — claro que mais para mim do que para ela — indefinido e sem sabor.

Menininha e eu, duas sombras mal distribuídas numa superfície infinita, penso, observando-a deitada ao meu lado como se fizéssemos parte de um velho quadro pintado por alguém há muito esquecido. Por que um quadro? Porque aparentemente tanto ela quanto eu, contra a nossa vontade, parecemos estar repetindo todos os dias uma cena da qual nunca foi do nosso interesse fazer parte. Anteontem, ontem, hoje: Menininha quieta na grama. Eu de pé ao seu lado.

Mamãe, que esteve antes na cozinha e depois saiu sozinha para o quintal, sem a companhia de papai, vem se juntar a nós. Reconheço-a apenas quando já está parada próximo de mim, pois o sol já desapareceu e fora de casa quase não há luz suficiente, razão pela qual tudo que não esteja a menos de um palmo do nariz encontra-se irremediavelmente perdido numa escuridão quase impenetrável.

A noite está tão fria que Menininha, apenas para se aquecer, começa a juntar pedaços de madeira, fiapos de jornal velho, um punhado de cascas e de folhas secas, com a intenção de acender uma fogueira. Por falta do que fazer resolvo ajudá-la, reunindo gravetos e empilhando tudo num canto do quintal onde a grama sempre se recusou a crescer.

Mamãe não participa da movimentação, porém seu interesse é muito grande, logo percebo. Ela permanece parada às nossas costas, nos olhando com bastante curiosidade, acompanhando nosso esforço, e é somente em resposta a uma ordem silenciosa sua que Menininha, riscando um palito de fósforo, ateia fogo primeiro no jornal, depois nas cascas, nos gravetos e nas folhas.

O fogo se alastra com rapidez, tomando conta da atenção de todos, principalmente dos que se encontram dentro de casa.

Menininha olha a fogueira, observa-a arder. Está hipnotizada, possuída pelas chamas. No seu olhar reconheço a mesma intensidade, obstinação e luxúria que eu encontrei momentos antes ao vê-la deitada na grama observando o céu. Isso me faz agarrá-la sem vacilar, com as duas mãos.

Beijo-a na bochecha e ambos caímos na grama e na risada.

Tudo o que ela quer é correr para as chamas, atirar-se dentro delas e brincar com os flocos de calor, deixar-se envolver, morrer iluminada. Apesar dos esperneios continuo segurando-a firmemente pelos braços.

A luz dos gravetos, do material em chamas, clareia o ar rarefeito da noite, e Menininha, penso que se eu não a tivesse segurado ela com certeza teria saltado para dentro dessa luz.

9

Há seis meses que não vamos a lugar nenhum, mamãe diz, quebrando o encantamento dos nossos olhos embaçados metidos na fogueira.

Logo me dou conta de que não faz muito sentido ficar ali, exposto ao frio e à umidade. Penso na delicadeza física de meus parentes, na sua falta de tato quando se trata de avaliar as boas e más coisas que nos cercam, na sombra indefinida da paisagem, e isso fortalece minha crença de que sob novas condições de conforto e segurança estaríamos os três muito melhor diante da lareira, bebericando chá.

Porém algo está para acontecer.

Dezenove, vinte, vinte e um, vinte e dois, Menininha em transe, seus lábios se movem produzindo um leve sussurro.

Mamãe permanece parada embaixo do limoeiro sem desconfiar de nada. Definitivamente não lhe interessa o que possa estar acontecendo bem diante dos seus olhos, com alguém que não seja ela mesma. Principalmente quando esse alguém é ninguém mais ninguém menos do que Menininha.

Ambas, cada qual à sua maneira, estão possuídas por entidades sobrenaturais.

Fico atento ao que possa estar passando pela cabeça de Menininha, vinte e três, vinte e quatro, vinte e cinco, sem no entanto tirar os olhos de mamãe.

Embaixo do limoeiro ela dá de ombros. Algo a incomoda. Cansada de esperar por um pensamento que não vem, dá alguns passos, mas não! sacode a cabeça e encolhe imperceptivelmente os ombros, baixando as pálpebras. Um momento depois, sobressaltada, endireita o corpo como se esperasse ver alguém, porém não há viv'alma entre os arbustos. Seus lábios se movem mas ela também não se dá conta disso.

Papai aparece na janela irritado, você me chamou?

Não, mamãe responde quase sem voz, as faces pálidas.

Pensei ter ouvido você gritar.

Eu? Estava cochilando e tive um sobressalto.

Cochilando aí fora? Em pé? Esse não é um costume seu.

Mamãe não responde. Sua saúde se acha um pouco afetada. Tudo põe-lhe medo, principalmente a silhueta dos antepassados que insistem em assombrá-la. Quer ficar em silêncio, agora sentada na grama, sem se mexer, até que finalmente aconteça o que tem estado esperando o dia todo, algo terrível, o que não irá acontecer — não pode! — mas talvez aconteça, tudo indica que sim.

Talvez uma xícara de chá diante da lareira, quem sabe, ela por fim diz lendo os meus pensamentos.

Menininha, ainda presa nos meus braços, não olha para a nossa casa nem para a sua antiga fachada de tijolos perfeitamente alinhados, protegida nas laterais por árvores pequenas e por ervas daninhas e, no fundo, por um muro de blocos de concreto de um lado e por uma cerca do outro. Também não olha para o velho portão de madeira na frente, largado ao deus-dará, há muito necessitando de conserto. Menininha só olha para o céu.

Encostando a boca na sua orelha digo qualquer coisa em tom confidencial.

Menininha olha para o céu.

Você não me ouviu?

Quê?

Atrás da casa há um pequeno galpão, antes totalmente aberto, agora fechado nas laterais por paredes grossas, na frente por uma porta de ferro e nos fundos por tapumes, onde costumamos guardar tudo o que não nos interessa mais: revistas e móveis velhos, roupas em farrapos, ferramentas e quinquilharias.

Podia pelo menos prestar mais atenção quando falo com você.

Estava pensando.

Não sabia que você amava a natureza, mas sem dúvida o céu está te interessando muito esta noite.

Pois eu encontrei um deles.

Que foi que disse?

Que acharia você se eu dissesse que encontrei um pequeno suíno rondando nossa casa, que conversei com ele?

10

Vinte e sete, vinte e oito, vinte e nove, trinta. Menininha certa vez, saindo da escola um pouco mais tarde do que o habitual, encontrou não apenas um, mas toda uma alcatéia, um cardume, uma manada deles rondando nossa casa por volta das sete horas, quase na hora do jantar.

Logo que os porcos a viram lentamente foram se aproximando dela, cercando-a mas sem tocá-la. Menininha a princípio não se assustou. Passou entre eles na ponta dos tênis, esquivando-se, enveredou por uma trilha estreita e deu a volta na casa, evitando assim um encontro muito prolongado.

Entretanto um fato singular, que imediatamente lhe atraiu a atenção, foi a presença de certos poços construídos na terra, semelhantes a enormes formigueiros, alguns deles com grande profundidade, todos espalhados pelo terreno deserto em frente ao portão. Até onde a vista podia alcançar na escuridão da noite, a planície apresentava um amontoado desses poços, posicionados em toda a parte de maneira quase geométrica.

Aproximei-me de um desses poços. Aquele que está ali logo depois da cerca. É talvez o maior deles.

Caramba!, murmurei me encostando na cerca. Nunca havia notado antes semelhante construção meio camuflada com arbustos e galhos secos.

Encostei-me no poço e, agachada, sem coragem de me levantar, parei pra sondar o terreno. A parede era gelada e fedorenta. Esse poço era certamente o maior de todos.

E ele, da mesma maneira que os demais, era feito de uma massa grossa e negra — terra, galhos, folhas socadas e mastigadas —, curiosamente trabalhada e coberta por uma fina camada de um material impermeabilizante qualquer — uma espécie de saliva plástica —, que a protegia da chuva e do sereno. Tanto a borda quanto as paredes eram ásperas e malcheirosas.

Sentei na borda do poço, dizendo pra mim mesma que de qualquer forma não havia do que ter medo, que eu devia descer até o fundo, ir até lá apenas pra constatar seu total abandono.

Trinta e cinco, trinta e seis, trinta e sete, trinta e oito, trinta e nove, quarenta, quarenta e um.

Menininha encostou a cabeça no patamar e olhou para baixo. O que ela viu foi apenas a escuridão, nada mais. Não havia o menor reflexo de água, a menor sombra de vida. No entanto a entrada do poço recendia a sangue e suor.

Menininha acendeu um palito de fósforo e descobriu, pela chama, que além do cheiro forte e enjoativo da terra havia também uma permanente corrente de ar circulando no interior, acompanhada por um ronco surdo e ritmado, como o de uma grande máquina.

Soltei um pedaço de papel bem diante dos meus olhos, um pouco acima da borda.

Depois o que Menininha viu foi o quanto se podia ver à luz de um palito de fósforo: a folha em vez de flutuar e cair lentamente foi aspirada de uma só vez e desapareceu dentro do poço.

A pequena chama, chegando ao fim, queimou os seus dedos. Ela deixou cair o palito e este se apagou na queda.

Menininha riscou outro.

Dentro da escuridão parecia existir uma escada toscamente esculpida na parede interna do poço, ligando por uns duzentos metros o fundo à superfície. Mais do que degraus, eram apenas buracos cavados na terra de forma grosseira e sem nenhuma elaboração.

Continuei, por mais algum tempo, sentada na borda. Realmente não havia o que temer. Eu devia descer até lá, dizia pra mim mesma.

Ao mesmo tempo Menininha podia sentir embaixo das roupas um medo terrível, circulando nas mãos, congelando-lhe as articulações.

Por fim com imenso alívio conseguiu distinguir a pouca distância uma grande abertura na parede, logo abaixo do início da escada — um degrau muito maior do que os demais, onde certamente caberia o corpo de uma pessoa pequena. Belo local, perfeito posto de observação, ela pensou.

Decidida a não ficar onde estava, Menininha subiu no parapeito e procurou à sua volta o primeiro degrau. Tinha pressa, mas somente porque temesse que a coragem mais cedo ou mais tarde fosse desaparecer. Pensou nisso por um minuto, porém logo em seguida recuperou a concentração, apalpou o degrau com certo receio e respirando fundo começou a descer.

Desceu com esforço até a tal abertura e instalou-se nela, segurando-se firmemente nas laterais, as pernas soltas, balançando no vácuo. Mas logo percebeu que tanto dali quanto de fora a visibilidade era praticamente a mesma.

Acendeu mais um palito de fósforo. Nada.

Nada, exceto outra abertura na parede, um pouco mais no fundo, nem maior nem mais acolhedora do que aquela onde estava. Apenas melhor localizada.

Recomeçou a descida.

Quarenta e oito, quarenta e nove, cinqüenta metros abaixo seguiu-se um momento de angustiante mal-estar. Menininha tinha de se servir de degraus que certamente não se destinavam a pessoas, mas a criaturas muito menores e mais leves do que ela, por isso não demorou para que começasse a se sentir cansada e com cãibras. Mas não apenas isso! Um dos degraus vergou subitamente sob seu peso e por um triz ela não foi atirada nas profundezas da escuridão.

Depois desse susto ela não se arriscou mais a ficar

170 ALGUM LUGAR EM PARTE ALGUMA

parada, com os dois pés apoiados num único vão. O melhor a fazer quando quisesse descansar, concluiu, era distribuir o peso por vários degraus, mesmo que pra isso fosse obrigada a ficar sempre com o rosto colado na parede imunda.

Olhando para cima, Menininha viu a abertura do poço como um pequeno disco azulado, através do qual a lua ainda era visível. Contrapondo-se a essa visão sublime, irreal, vinha de baixo, cada vez mais forte e opressivo, o sussurro irregular de um animal excitado. Menininha gritou. Parecia que podia ouvir a respiração de uma pequena multidão de criaturas aglomeradas à sua volta. Depois o chiado foi envolvido por um ruído de chuva, certamente a reverberação de passos rápidos e miúdos no fundo do poço.

Assustada, Menininha tornou a gritar tão alto quanto foi possível. A simples idéia de estar rodeada de criaturas que não podia ver lhe causava nojo e terror. No entanto o eco que se formou logo depois do grito nem por um instante conseguiu se sobrepor ao sussurro monótono e abafado que devagar ia subindo pela escada.

Foi quando ouvi a fala do que me pareceu ser o demônio. Ele me disse, vem. Eu respondi que tinha medo. Ele insistiu, se esticar a mão eu te ajudo a descer.

Menininha, então, agarrou-se com mais firmeza nos degraus e começou a subir, cinqüenta e sete, cinqüenta e seis, cinqüenta e cinco, primeiro lentamente, depois mais rápido, cinqüenta e dois, cinqüenta e um, cinqüenta, atenta apenas ao pequeno círculo de luz no alto, quarenta e seis, quarenta e cinco, adiante, mais rápido, várias vezes sentindo vertigem, quanto mais subia mais sentia a aproximação de uma queda inevitável, mais depressa, sem parar, uma dor forte nos braços, nos rins, mas não apenas cansaço e cãibras, a forte impressão de estar cercada, dedos flácidos apalpando o seu rosto e as suas roupas, agarrando-lhe o braço e tentando arrastá-la de volta, trinta e nove, trinta e oito, trinta e sete, trinta e seis, Menininha nos últimos dez metros viu-se tomada de náuseas, e os lances finais foram para ela uma luta terrível contra o desfalecimento, treze, doze, onze, dez, nove, oito, não sei como mas finalmente alcancei a borda do poço, três, dois, um, saí e cambaleando para longe caí na grama, com o rosto transpirando, exausta.

11

Nessa altura da história, eu, que até então consegui permanecer calado, não me contenho e digo, quanta bobagem! Não há nada lá embaixo. Apenas sombras, pedras e quem sabe um fio d'água. É isso: durante a noite a dilatação das rochas, o calor da crosta e o frio da atmosfera provocam rumores, que por sua vez provocam alucinações. Nada mais do que um simples fenômeno de reflexão acústica. Vento e rochas, apenas isso.

Menininha como sempre não me dá a menor atenção.

Fiquei deitada na grama durante muito tempo, escutando as nuvens, os ruídos subterrâneos, a incessante movimentação que se prolongava embaixo da terra, sob meus ouvidos.

Menininha então voltou a sentar na borda do poço para escutar melhor. Angustiada, parecia-lhe naquela hora que não só uma mas várias multidões distribuídas em diferentes níveis — anjos, arcanjos, querubins, serafins — respiravam ao seu redor.

Impossível, murmuro para mim mesmo.

Menininha acendeu mais um palito de fósforo.

No fundo do poço, vindas de todos os lados criaturinhas inferiores moviam-se atabalhoadamente.

Menininha experimentou chamá-las com um grito. Mas a língua delas, se é que possuíam uma, ao que tudo indicava era diferente da língua falada pelos habitantes do mundo externo. Mesmo assim Menininha repetiu o grito uma, duas, três vezes.

De repente pequenos olhos se puseram a observá-la. Eram olhos tristes e muito brancos. Observavam atentamente aquele rosto de criança que observava a escuridão.

Menininha, diante desses olhares, não soube o que

Os antepassados, os porcos

fazer. Tudo era muito impreciso, o ronrom da grande máquina vindo do fundo, o cheiro sufocante de carne apodrecida.

Enquanto isso alguns porcos — na certa filhotes, devido à sua pouca altura — fuçavam na grama à procura de comida. Fuçavam, baliam, cacarejavam e rosnavam baixinho para a pequena intrusa.

Então a chama do palito mais uma vez queimou o seu dedo.

Menininha fez um gesto brusco, talvez brusco demais, e os pequenos olhos no fundo do poço fugiram precipitadamente com medo da luz. O palito escapou da sua mão e, ainda em brasa, caiu traçando durante a queda um risco vermelho no escuro.

Eu, por meu turno, continuo calado enquanto dura esse último risco.

Depois solto uma gostosa gargalhada. Quanta imaginação!

Menininha me olha feio, mas logo se mostra bastante contente quando eu, para quebrar o seu mau humor, coloco-a sobre os ombros e começo a carregá-la feito o mais veloz dos alazões, dando várias voltas ao redor do limoeiro. Depois de algum tempo ela me pede que a recoloque no chão.

Mamãe e tia Emília passam na nossa frente, conversando sobre trivialidades. Estamos mais uma vez,

Menininha e eu, no quintal quente e tranqüilo, entre as plantas, ao lado do muro. Debaixo de nossos pés a terra deve conter uma infinidade de túneis, Menininha me diz. Isso não te preocupa? Durante um minuto, talvez mais, fico a contemplar o imenso chão sob a casa, sua delicadeza, sua superfície acinzentada. Depois fico a contemplar a própria casa, firme e sólida sobre ele. Nesse minuto imagino como ela estará daqui a cem anos. Sua silhueta quase deserta, em ruínas, a porta da frente fechada e caindo aos pedaços, o piso coberto de poeira. Nas duas imagens — presente e futuro — uma única realidade aparece inalterada: milhares de túneis se entrecruzando embaixo da terra, cada um seguindo seu próprio curso.

Aos poucos, sim, a resposta é sim, isso me preocupa muito.

12

Sem mais o que dizer retorno à sala, acompanhando mamãe, tia Emília e Menininha, passando antes pela cozinha, onde papai e tio Bóris jogam damas, bebericando vinho. Ao nos verem seguir em fila indiana param o jogo no meio e nos acompanham. Pouco depois cada um já está à procura do seu lugar no sofá.

Vovô e vovó chegam logo em seguida.

Chegam com uma aparência exausta, porém bonita de se olhar. Estão casados há muito tempo, por isso se movem com tanta lentidão, e ao vê-los assim meio mortos meio vivos, arrastando-se pela casa sempre de braços dados, raramente se falando, mais uma vez, no entanto agora por uma razão bastante clara, volta à minha mente a imagem de Madalena.

Eu a conheci durante uma festa. Foi no quadragé-simo sexto aniversário de casamento de vovô e vovó, sendo esse, a meu ver, o vínculo entre o passado e o presente responsável pela nova presença de Madalena em meus pensamentos.

A casa estava totalmente tomada por parentes e amigos da família, e com certeza por esse motivo não notei a sua chegada. Mesmo depois de algum tempo sua figura parada ao meu lado, distraída, atenta a tudo e ao mesmo tempo a nada, de olho na multidão que nos cercava, não me chamou a atenção.

Estávamos os dois num grupo muito grande e real-mente havia ali mulheres muito mais bonitas e atraen-tes do que Madalena. Seu perfume, seus peitos, seu sorriso tolo em nenhum momento chegaram a prender o meu olhar por uma fração de tempo maior do que a usual. Nada nela conseguia despertar em mim o que quer que fosse. Ela era seca e sem sal.

Um simples aceno de mão, enfim. Duas ou três

palavras perdidas num comentário breve sobre a festa, sobre a comida, não, eu não bebo, apenas um guaraná, obrigada, e nada mais. Peguei o guaraná quando o garçom passou. Ela agradeceu. Contudo durante toda a noite eu me mantive a distância, ora batendo papo com os amigos ora flertando com as amigas. Houve no entanto um momento em que nossos olhos se cruzaram. Estávamos bêbados, a festa girava à nossa volta. Aos poucos, envolvida por um encantamento definitivamente irresistível, Madalena foi desaparecendo da minha visão.

Toda a ausente surpresa daquela noite acabou se condensando na manhã seguinte, por volta do meiodia, quando acordei.

Do sono, antes mesmo de compreender: "é dia", fui arrancado para a consciência sem sequer sentir de imediato nenhuma espécie de enjôo ou inquietação. Quieto, permaneci por algum tempo mergulhado num estado de transe absoluto, sem som, sem luz. Pouco depois toda a náusea — a mesma náusea que, após uma longa noite de sono, com regularidade delimita a consciência da inconsciência — retornou, atrasada porém nem por isso com menos intensidade. Ainda tonto com o golpe — mais desconcertado do que propriamente bêbado — comecei então a procurar no quarto a substância que estava me faltando, o elemento desconhecido — ar, água, fogo ou terra — que me sufocava, fosse ele o que fosse, porque para que tudo fizesse sentido seria necessário que eu o localizasse e esmagasse com as próprias mãos.

Foi quando inesperadamente descobri que a amava. Eu amava Madalena, amava-a com uma fúria incontrolável, e sofria com sua ausência.

Ao perceber isso me descobri preso. Sua fisionomia invadia meu quarto no frio da manhã com uma violência incomum, plena e integral. Nos meus pensamentos seu rosto, seu corpo, tudo o que nela poderia ter algum significado passou a compor-se apenas de pó ou de algo um pouco menos consistente, de palavras, talvez. Inconsistente, mas afiado como uma faca.

Isso me encheu de terror porque, também de maneira inesperada, aos poucos fui percebendo que talvez jamais voltasse a vê-la.

Desesperado, saí do quarto disposto a descobrir onde morava, como poderia encontrá-la, qual a sua idade, o seu signo, ansioso por agarrar qualquer pessoa que pudesse me dar tais informações. Mas não foi preciso ir muito longe.

Madalena estava ao pé da escada, conversando com tia Emília.

Querido, que olheiras! Enxágüe o rosto, desça e estenda a mão para Madalena como um perfeito cavalheiro deve sempre fazer.

Graças à confusão da festa, não haviam me avisado que

178 ALGUM LUGAR EM PARTE ALGUMA

Madalena e eu éramos primos, que tanto ela quanto os pais ficariam hospedados em nossa casa por todo o verão. Não encha o saco do menino, Emília. Ele está completamente desconcertado, não está vendo? Esse era meu tio Bóris entrando na sala com o tabuleiro de damas embaixo do braço. Esse é meu tio, remoí: definitivo e temperamental quando se trata de admoestar o próximo. Sempre agitando o braço, sempre observando os pormenores, as miudezas e as mesquinharias das relações familiares, e raramente se abstendo de comentar assuntos que não lhe dizem respeito.

13

Naquele momento eu o odiei por isso. Pedro Bóris, com todas as minhas forças eu o odeio. Pode você compreender isso, grande canalha?

Vovô e vovó, indiferentes aos meus pensamentos, cruzam toda a extensão da sala e vêm sentar ao meu lado. Indiferentes também ao meu casamento, expulsam minha mulher para o outro canto do sofá, nos separando pelo menos por esta noite.

Mamãe e tia Matilde saem da sala, interrompendo abruptamente a conversação, e pouco depois retornam trazendo doces, café e mais alguma coisa dentro de cestas e bandejas.

Excitados com a comida nos levantamos do sofá e cercamos com rapidez a pequena mesa de centro agora completamente tomada por pratos, guardanapos, colheres, xícaras.

De repente é como se toda uma tropa do exército se pusesse a marchar dentro da sala, ora na madeira, plamplamplam, ora no tapete, tchum-tchum-tchum, ziguezagueando, fazendo acrobacias, arranhando pires e fatias de pudim, dando voltas pela frente, por trás, esbarrando as mãos, as costas, trazendo com o maior cuidado uma xícara de café e um pãozinho de queijo — as mulheres — nacos de bolo e copos de coca-cola — os homens — derramando açúcar e farelo na toalha, discutindo, acotovelando-se, separando biscoitos e copos, esperando o leite esfriar.

Pudim, bolo, café com creme, que grande excitação! E no entanto nunca antes a casa me pareceu tão sonolenta quanto agora.

Tia Matilde e mamãe começam uma discussão sem pé nem cabeça a respeito de uma colher caída dentro do açucareiro. Falam com os olhos, gesticulam e seus gestos parecem, apesar de discretos, querer tomar conta de todos nós, tentar nos sufocar.

Mas não. Não são os gestos. Logo percebo por baixo de toda essa estranha movimentação, atrás das paredes, às vezes também em cima, no telhado, um ruído agudo e crepitante que vai, sem que se saiba como, se misturando com o arrastar dos pés no assoalho. Uma essência por definição áspera e malcheirosa. Algo que apesar de estar além, longe da visão, ainda não se foi com o final do dia. Algo que ignorando todas as expectativas continua aqui, em volta da casa, atrás da garagem. Instintivamente procuro Menininha entre os demais. Nossos olhares se encontram e apesar da distância logo percebo que tanto ela quanto eu há muito deixamos de pertencer a esta reunião.

Aos poucos, afastando-se da mesa, a família vai fazendo silêncio, preocupada em mastigar e digerir os últimos bocados de torta, todos nós confortavelmente instalados nos respectivos lugares no sofá, nas poltronas, nas cadeiras, e o vazio resultante disso, em vez de ampliar a potência do ruído, em vez de expandi-lo por toda a planície, condensa-o, circunscrevendo-o à sala e a nenhum outro lugar afora este. Dessa maneira além de mim e de Menininha ninguém mais parece percebê-lo, pois estão, nossos parentes, muito envolvidos com suas xícaras e seus talheres. Isso me deixa bastante aliviado. Mais uma das intermináveis cenas familiares seria neste momento extremamente desagradável.

De repente papai, como se procurasse no ar o risco de uma mosca, pára prestes a escorregar da cadeira, a boca meio aberta, os óculos na ponta do nariz. Para meu desespero um segundo depois todos começam a adquirir a mesma postura.

Porcos?, mamãe diz consternada.

Estão por toda parte.

O mesmo ruído baixo e hipnótico começa a ocupar o alto da escada. Depois o banheiro, o corredor e todo o andar de cima. Nos quartos atinge tal intensidade que parece estar havendo neles uma festa.

O trepidar vem do alto, provavelmente do telhado, alguém diz.

Tio Bóris e eu nos esgueiramos até o pé da escada, mas ali apesar do barulho nada parece fora do lugar. Armados de vassouras e facas continuamos pelos degraus.

Há porcos no jardim, tio Bóris me diz, segurando a minha mão, mas nunca imaginei que poderia haver alguns deles também dentro do sótão, ele continua dizendo enquanto vasculhamos o corredor e os quartos.

Na sala uma lasquinha de reboco cai dentro do bule de chá.

Mamãe grita, estão jogando pedras na nossa cabeça.

Concluímos a partir disso que há porcos também no sótão e no telhado. E muitos. Caso contrário as paredes não tremeriam dessa maneira. Sim, definitivamente estão lá roendo as telhas, impregnando de cuinchos toda a casa, lançando nos nossos olhos lascas de poeira e picotes de papel roído.

Corro ao meu quarto e apanho o rifle debaixo da

cama. Disparo três vezes contra o teto, aos gritos, depois mais duas ou três vezes contra as janelas próximas, recebendo sempre a cada disparo o coice no ombro, já não sentindo mais o peso da arma nos braços, até que afinal tio Bóris me segura pelo braço e tenta me acalmar, pare com isso agora!, ele ordena enquanto tenta tirar a arma das minhas mãos porque já não há mais viv'alma se movendo fora de casa.

Sem que eu tivesse me dado conta, logo depois do primeiro estampido tudo em toda a parte mergulhara novamente no mais absoluto silêncio

Por pouco tempo. Pois lá fora, expostos a essa quietude que não absorve nada, os roncos, os ruídos mais remotos, os vagidos que deveriam provir tãosó das terras situadas no outro lado da floresta, devagar vão voltando a se mostrar com tal minúcia de detalhes que parecem dever esse efeito apenas a certa incerta qualidade da noite, qualidade essa que não conhecemos.

Furioso, fujo dos conselhos amolecidos do velho.

Corro até a janela do quarto e, passando arma e braços pela moldura agora sem vidro, dou alguns tiros na floresta, depois mais alguns na noite, antes que outros braços me desarmem.

OS ANTEPASSADOS, OS PORCOS 183

14

Conheço uma pessoa que poderá pôr fim a essa situação, ah! se conheço, diz tio Bóris executando um expressivo ponto de exclamação com o punho fechado. Seus passos, quando ele entra na sala, são solenes. Razão pela qual a família mais uma vez reunida permanece com os olhos bem abertos, apatetados e suspensos, apenas observando-o, sem dizer nada. Nunca em tempos passados vimos tio Bóris tão irritado.

Logo de manhã subimos na caminhonete e seguimos direto para a cidade, abrindo caminho entre os porcos que, muito mais audaciosos do que antes, passeiam sem a menor cerimônia pelo campo, pela estrada de terra, pela rodovia, atrapalhando o trânsito.

Tio, quem é que pode nos ajudar, de quem é que você está falando?, eu pergunto um pouco desgostoso com toda essa patética encenação.

Ele como sempre não fala nada. Nem sequer está me ouvindo. O brilho nos olhos — e não há brilho nenhum nesse olhar — é sinal de que ele nem ao menos está presente.

Apesar de não saber muito bem com quem iremos falar, não é a primeira vez que acompanho tio Bóris numa viagem até a cidade. Por isso, mais por ele do que por mim, quase não trocamos palavra, e indiferentes ao percurso e à conhecida monotonia da rodovia segui-

184 ALGUM LUGAR EM PARTE ALGUMA

mos em frente metidos cada qual nos próprios pensamentos, parando apenas para nos revezar ao volante uma ou outra vez.

Duas horas depois, diante de uma pequena casa transformada em escritório — para mim uma casa desconhecida até então — tio Bóris diminui a velocidade, dá marcha a ré e estaciona quase subindo na calçada. Ao descer da caminhonete, somos apenas dois. Meio minuto mais tarde, para a nossa surpresa, somos três. Sem que percebêssemos Menininha se escondeu na carroceria, embaixo de uma lona. Isso deixa tio Bóris mais transtornado do que o normal. Para ele, Menininha não é de inteira confiança. De uma maneira velada, porém sincera, ela convive pacificamente com os porcos. Não os ataca e estes por sua vez jamais chegam a incomodá-la. Tal simpatia, em nosso círculo familiar, cheira a traição.

Muito bem, muito bem, grande truque, tio Bóris vocifera, mas, pirralha, daqui você não passa, está decidido, entra na caminhonete e não sai de lá até voltarmos!

Menininha esboça uma resposta mal-educada. Tio Bóris ergue a mão e a mantém no ar, sustentando-a bem acima do rosto da criança, que estremece.

O tapa demora a sair, e acaba se desvanecendo no nada.

Resolvo não esperar pelo fim da discussão. Afinal,

OS ANTEPASSADOS, OS PORCOS

as portas do escritório estão abertas e o ambiente, lá dentro, me parece bastante acolhedor. Além do quê, se conheço bem o seu proverbial amor à guerra, na certa terei de esperar durante muito tempo pela presença de meu tio.

15

Exatamente isso, não adianta deitar pérolas aos porcos, eu sentencio.

As moças em volta da mesa atrás do balcão — duas delas por sinal muito bonitas, sobretudo a de pernas grossas e peitos pontiagudos — param para me olhar, meio envergonhadas, meio curiosas, provavelmente por não conseguirem compreender a ambigüidade maliciosa, sacana, da conhecida expressão "deitar pérolas aos porcos".

A fim de impressioná-las e de ganhar a sua confiança, eu contei a elas uma das fábulas de Esopo, cujas personagens são dois porcos pederastas e um lobo bicha. Uma fábula bastante libidinosa. Todavia nem elas sabem quem foi Esopo nem que diabos quer dizer a maldita expressão de cunho moral.

Explico-lhes que se trata de uma anedota velha e obscena, cheia de alusões atrevidas, contada pelo pai do meu pai, que por sua vez a escutou do pai do seu pai

— uma piada que, criada pelo fabulista da antiguidade, de certa maneira já faz parte do patrimônio da família há muito tempo. Mesmo assim percebo nos olhos que me interrogam uma tal falta de sentido que o melhor mesmo é ficar quieto.

Do balcão vejo que apesar da presença das moças o interior do escritório está quase vazio.

Numa de suas extremidades colocaram quatro cadeiras lado a lado, em cima de um estrado baixo. Atrás da mesa junto às cadeiras e ao estrado está sentado um homem pequeno e rechonchudo — um verdadeiro suíno, penso eu, enojado com sua figura malvestida e amarrotada.

Uma das moças lhe serve um prato com lasanha e um copo de cerveja. O homem gordo mastiga a primeira garfada e arrota disfarçadamente, cobrindo a boca com o guardanapo. A presença de outras pessoas à sua volta aparentemente não o incomoda nem um pouco. Está com as pontas dos dedos sujas e com algumas manchas recentes de molho de tomate na camisa. Ao concluir a refeição polidamente afasta a cadeira, levanta-se e vai ao banheiro. Pouco depois o barulho da descarga se faz escutar na sala, talvez até na calçada.

A faxineira entra para recolher o prato e os talheres. Enquanto isso a moça de pernas grossas e peitos pontiagudos abre um pequeno caderno de anotações em cima do balcão e registra meu nome nele.

Qual é o tipo de serviço que o senhor está procurando?

Assinalo "porcos" no espaço em branco, ao lado do meu nome.

Não sou o único. O caderno, até onde posso ver, está repleto de reclamações semelhantes à minha.

Xerife!, a moça então grita virando-se para o fundo da sala.

Para a minha surpresa, o homem pequeno e rechonchudo aparece, saindo do banheiro, trazendo na mão uma lista cheia de nomes e de números, provavelmente o resultado da última rodada do campeonato nacional.

Ele é o xerife. E a moça de pernas grossas é a sua esposa.

Pablito, o moço aqui tem uma reclamação a fazer.

Tio Bóris entra nesse instante batendo a porta e praguejando. Menininha aparece logo em seguida, o rosto tenso e os olhos úmidos.

O xerife sorri para mim, depois para tio Bóris, indicando com a mão as cadeiras ao lado do balcão. Por favor, por favor, ele nos diz — seu aspecto e seu hálito não são nada agradáveis —, passando na nossa frente e sentando-se na cadeira mais próxima.

Propositadamente, talvez por perceber a contrariedade nas feições de tio Bóris, ele decide ignorar Menininha.

O xerife nos mostra com a cabeça seu pulverizador elétrico e as demais armas usadas por ele no extermínio de pragas e de pequenos animais. Pessoas alérgicas ou asmáticas, ele vai dizendo, não devem permanecer no local pelo prazo de quarenta e oito horas, está bem entendido? Depois não quero ninguém no pronto-socorro.

Pago ao xerife, conforme tio Bóris me explicou antes, o sinal: três notas do tempo do império roubadas do baú de tia Emília, tesouro inestimável que minha tia preferia jogar no fogo a entregar a estranhos. Ele apanha o dinheiro, quase ejaculando de emoção, e o entrega a uma das moças. Está fechado o negócio.

Na saída cumprimento as moças, e principalmente a das pernas grossas, esposa do xerife, com um breve e dúbio aceno, e só. Nada de palavras com duplo sentido. É melhor guardar as pérolas para outra ocasião.

Parece que aí vem chuva, o xerife nos diz a título de despedida.

Não aperto a sua mão. Não tenho estômago para tanto. Esse homem baixo e rechonchudo, quase sem voz, vestindo uma camisa empapuçada de suor — sua silhueta é ironicamente a silhueta de um porco nojento — repugna-me.

Voltamos pela rodovia, pela estrada velha e sem asfalto, mais uma vez em silêncio, Tio Bóris, Menininha

e eu indiferentes à beleza do parque florestal de
Porcolino Leitão e da cachoeira Toucinho Dourado.

16

Da janela do meu quarto vejo a paisagem ao redor
da casa de maneira velada e obtusa. Vejo vovô e vovó
no pomar colhendo maçãs. Tia Alice e Samanta esten-
dendo a roupa recém-lavada, mais além. Tio Bóris aos
gritos repreendendo tia Matilde e mamãe, observando-
lhes — assim ele o diz, referindo-se a Menininha — a
natural incapacidade de toda mulher de colocar as crias
nos eixos, de botar a prole na linha.

Três porquinhos e um leitão perambulam pelo
quintal, entrando e saindo várias vezes, passando através de um buraco aberto na cerca de arame farpado que
papai ergueu há uma semana.

Daqui posso ouvi-los. Vêm e vão despreocupada-
mente.

Estão agora no portão de casa. Não os porcos, os
cobradores.

Minha mulher gesticula, repete frases sem nenhum
sentido, seus peitos transpiram, ela não sabe o que
dizer, não sabe o que pensar.

Duas semanas e fim de papo, ouço o mais velho
dizer.

Embaixo da cama, o rifle que jamais voltarei a usar.

Minha mulher diz que pretendo saldar a dívida assim que a família receber algum dinheiro. O papel é azul e está um pouco amarrotado. Ela o segura como se possuísse entre os dedos um talismã terrível, porém muito venerado. Suas palavras ocupam bem mais do que trinta segundos, sinal de que está em pânico. O suor agora umedece também as suas mãos. Mas ela é cautelosa.

Da janela do meu quarto eu os observo. Estão congelados no tempo, sem calor, sem estímulos. Três fantasmas transformados em estátua, presos ao chão.

O bilhete azul.

Odeio essa cor inventada na certa pelo diabo.

Minha mulher senta no degrau diante do portão, atrapalhada com o bilhete, com as próprias idéias, talvez sem fôlego para raciocinar. Devagar os olhos vão tomando outra direção, vão se afastando. Aos poucos ela vai adormecendo, disposta a seguir em pensamento qualquer caminho que a leve para bem longe dali. Então, mais uma vez, subitamente ela se dá conta de que não está só.

Poderiam transferir o pagamento para o próximo mês, não poderiam? É isso o que estão dizendo?

O mais velho — um sujeito baixo e asqueroso — usa um paletó surrado, uns óculos antiqüíssimos e, desconfiado, olha para os peitos de minha mulher, durante o tempo que ela leva para ler o bilhete e, depois, durante todo o tempo que ela leva para formular essa pergunta, à procura de um movimento irregular qualquer.

O mais jovem, pelo contrário, é alto, alinhado e imponente.

O quê? Disse alguma coisa?

Nosso patrão espera uma resposta.

...

Leu o bilhete, não leu?

...

O tempo está passando, minha senhora.

Nem tudo é passado nem tudo é presente, penso. As últimas palavras ditas por Madalena antes de nos deixar. Fica, eu pedi, implorei. É tarde demais, ela me disse. E o que passamos juntos, não tem nenhum valor?, arrisquei. Nem tudo é passado etc., foi a resposta.

Minha mulher desvia os olhos. Seu pensamento agora caminha para longe, para fora do jardim. Lá não existem dívidas, apenas gestos cordiais. Ela passeia por um bosque criado neste instante, anda devagar tocando as flores com a ponta dos dedos, em companhia de senhores distintos e polidos, como sempre sonhou fazer antes de se casar, e neste bosque tudo o que ela dá e recebe são coisas simples e naturais. Uma carícia. Uma rosa. Talvez uma promessa. Pois tudo o que agora lhe diz o cobrador, ao oferecer-lhe o braço para um breve passeio às margens do lago, ou através da ponte de pedras, são palavras sinceras e reconfortantes, na realidade, senhora, ele segue dizendo, estamos bastante envergonhados. Não é e nunca foi nossa intenção causar-lhe tanto transtorno. A senhora sorri tão bem, com os lábios e os olhos, e afinal esta dívida é irrisória. Leu o bilhete? "Caríssimos Senhores... porquanto, por parte de vós... levando em conta o fator geográfico, a imprevisibilidade do clima... não imagineis como... sem mais para o momento... atenciosamente... 13 (treze) dias...". Guarde-o com a senhora. Nosso patrão possui um número tão grande de negócios que de nada lhe servirá a soma que a senhora, seu marido e o restante da família lhe devem. A Bolsa continua em alta, e os empréstimos então nem se fala. Dito e feito. Ele mesmo nos explicou isso. Na realidade, pessoalmente estou bastante envergonhado. Odeio este emprego. Ele de nada me serve. Se me aposentasse, o Estado me pagaria mensalmente mil e seiscentos. Não acredita? É isso mesmo. Eu poderia viver decentemente o resto dos meus dias longe daqui, no exterior talvez. A dívida não é importante. Veja estes papéis, poderia rasgá-los neste minuto. O dinheiro não nos faz nenhuma falta. Na verdade nossa presença semanal nesta casa é absolutamente desnecessária. O prazo extra é ridículo! Eu poderia até mesmo saldar a dívida no seu lugar, poderia sim fazer isso para a senhora que é tão gentil e graciosa.

OS ANTEPASSADOS, OS PORCOS

No bosque não há nuvens nem tempestade.

Um sonho.

Senhora, está me ouvindo? A senhora conhece bem as regras. Só poderemos conceder-lhe mais duas semanas, nem mais nem menos. A contar de hoje, treze dias. Passar bem.

Treze dias. O pensamento a conduz para longe da ponte de pedra, para bem longe do lago. Depois de mais um breve passeio, minha mulher está de volta.

17

Menininha, sem que eu me dê conta, entra no quarto e silenciosamente fecha a porta.

Estou sentado na cama, a cabeça apoiada na cabeceira, os olhos fechados.

De repente sinto o cheiro da infância e dos pesadelos.

Aí vem a menina que conversa com os porcos, eu digo para as paredes, sem me virar. O que vai ser desta vez? Túneis e labirintos subterrâneos?

Menininha me olha de cima a baixo em silêncio. Parece que está aí há horas, me observando. Em seguida esboçando um sorriso diz, pois eu mais uma vez encontrei um deles lá adiante, próximo às ruínas de uma velha casa.

Não digo ah! nem oh!

Não esperava encontrá-lo. Não estava à procura dele e não sei o que ele estava fazendo ali. Aconteceu há três dias, depois da aula. Minhas amigas e eu procurávamos cogumelos nos barrancos da estrada, e então eu vi o tal porco. Ficou parado durante um momento diante de nós e depois sumiu. Morremos de medo. Deixamos a cesta com os cogumelos e corremos pra casa.

Sei.

Ele voltou no dia seguinte. Eu estava por ali tentando descobrir o porquê de tudo isso, tentando compreender estas estranhas aparições, e o porco voltou aproximando-se devagar, bastante receoso. De certa maneira pouco a pouco comecei a entender seu propósito, o sentido de seus gemidos. Me aproximei dele e quando estava prestes a tocar no seu focinho ele deu um salto e desapareceu barranco acima. Me senti muito mal por isso. As ruínas da velha casa, mais adiante, chamaram a minha atenção. Pensava em ir até lá quando subitamente o porco apareceu na minha frente dizendo, quero os teus sapatos, me dê os teus sapatos. Hesitando eu descalcei os sapatos e os entreguei a ele, e ele continuou, me dê as tuas roupas e o resto dos teus pertences. Entreguei tudo, roupas, mochila e lancheira, e ele, notando que eu havia tirado alguma coisa da mochila antes de entregá-la, acrescentou, quero também sua arma, e eu entreguei o meu canivete de cabo de madrepérola. Ele calçou os sapatos,

OS ANTEPASSADOS, OS PORCOS

vestiu as roupas, pegou a mochila, a lancheira e o canivete. Por fim me disse, agora venha comigo e veja de longe o que vai acontecer. O porco caminhou pra nossa casa e agora está aqui.

Entendo muito bem o que é que ela quer dizer com isso. Que bela metáfora. Para antecipar e me esquivar de qualquer armadilha, não estou vendo nenhum porco aqui, comento, olhando de lado.

Menininha abaixa a cabeça, dá de ombros e sai do quarto. Do corredor, ela ainda consegue olhar para mais longe, para o descampado que está além da cerca do jardim, onde uma nuvem de poeira vem se aproximando, devagar, devagar, fazendo tremer as paredes.

18

A nuvem estaciona na frente da casa e buzina.

O homem gordo que chega sozinho, depois de algumas horas de viagem com seu furgão cheio de equipamento pesado, não é apenas o homem gordo. É também Pablo Porcino, o xerife regional.

Escutem aqui, Menininha diz, olhando-nos de frente com uma expressão transtornada, isso é mesmo a sério? Vocês contrataram mesmo esse cara?!

Nenhum de nós sabe o que dizer. Tudo é terrível, novo e deslumbrante.

196   ALGUM LUGAR EM PARTE ALGUMA

O xerife começa sem perda de tempo a descarregar o equipamento. Imediatamente todos nós, exceto é claro Menininha, nos aproximamos da carroceria do furgão para ajudá-lo, e num intervalo de poucos minutos dezenas de pequenas peças e ferramentas escorregam pelas minhas mãos, depois pelas mãos de papai, de tio Bóris e de vovô, indo parar momentaneamente no gramado, passando em seguida pelas mãos de tia Matilde, de mamãe e de tia Emília, atravessando toda a extensão do jardim, da sala, da cozinha e do quintal, até chegar numa grande mesa disposta por nós no galpão atrás da casa.

Lá, em meio a muito pó, todo o carregamento vai sendo agrupado e conferido, enquanto minha mulher e o resto da família providenciam o material de limpeza necessário para remover a sujeira de todas as peças, de acordo com as instruções do xerife, que acompanha com atenção nossos movimentos, dando ordens, gesticulando, conferindo tudo.

Não se esqueçam de limpar as engrenagens menores, senhoras. Façam como eu disse: álcool, sabão neutro e água, compreenderam?

Porém, apesar de seu tamanho incomum, logo nos damos conta de que a mesa não é grande o suficiente para tantos canaletes, porcas, parafusos, fios, soquetes, chaves, transformadores, chapas, tubos e tarugos de polipropileno, polistireno, politetrafluoretileno, poliuretano, polivinil e um milhão de outras coisas pequenas e grandes, incluindo um compressor e um escafandro. Por isso somos obrigados a espalhar as caixas de ferramentas sobre folhas de jornal num pedaço de chão previamente varrido.

Sabíamos, sem o confessar, que estávamos envolvidos com os preparativos para uma grande batalha.

Prestem muita atenção nestes diagramas, o homem gordo nos diz tirando de um envelope uma série de desenhos um pouco amassados, quero o pulverizador, os extintores e os condutores de ar montados e instalados antes do fim do dia, entenderam? Você, meu jovem, venha comigo.

Eu o sigo a contragosto. Passamos pelo jardim e subimos no furgão.

No entanto, antes de ligar o motor ele tira do interior de uma maleta várias peças de roupa — todas provavelmente saídas de algum uniforme militar: botas de borracha, calças e jaquetas de lona — e, despejando-as em cima de mim, me pede que escolha o que vestir dizendo, alguma coisa mais rústica, mais confortável, compreende?, não o traje afeminado que está usando.

Dez minutos depois estamos na planície, deitados de bruços na grama observando com um binóculo a paisagem.

Então o xerife, estendido no chão à minha frente, com gestos bruscos e exagerados começa a se arrastar por alguns metros, igual a um guerrilheiro num campo de batalha, e a sussurrar coisas que não consigo compreender. De repente ele pára.

Pergunto o que pretende encontrar agindo dessa maneira.

Ele nada diz e volta a se arrastar, mais uma vez focinhando o solo, ora pra direita ora pra esquerda, às vezes apontando-me falhas no terreno, uma clareira, um buraco de tatu, uma vala camuflada pelo capim, sempre repetindo, muito cuidado, muito cuidado, mantenha a cabeça baixa e os olhos atentos, como se estivéssemos prestes a atravessar algum território inimigo.

Arrastar-se e sussurrar — confesso que diante de tal comportamento acabo me sentindo um pouco ridículo. Mesmo assim fazemos isso durante meia hora.

Depois com uma expressão de desengano no rosto ele se levanta, bate na roupa para tirar parte da poeira e guarda o binóculo. Não há viv'alma à nossa frente. Não há nada do que se esconder.

Duas horas mais tarde, após termos vasculhado cada palmo da planície sem ter encontrado um porco sequer, o xerife, decepcionado, decide retornar ao furgão.

Voltamos caminhando em meio a um vivo ar flamejante, cheio de reflexos e miragens, em silêncio, pois o calor insuportável, o cansaço e a falta do que dizer inibem o nosso raciocínio e a nossa fala.

OS ANTEPASSADOS, OS PORCOS

De repente a linha do horizonte começa a se mover e a galopar em nossa direção.

Ergo o binóculo e o aponto para o ar à minha frente.

Um grande ajuntamento de animais vem vindo a partir da direita, atravessando na diagonal a paisagem, mas o xerife está distraído demais para perceber isso — ele segue em frente sem ao menos se dar conta do que está acontecendo — e eu, exaurido, petrificado, sem nenhuma disposição para gritar o seu nome.

Que grande paspalho, penso.

Pouco depois vejo claramente que são porcos, uns quinhentos, mais ou menos, o maior grupo de suínos que eu jamais vi.

Eles vêm vindo num galope lento, da maneira mais estranha possível, sem olhar para lado nenhum, como se tivessem se assustado com alguma coisa, ou então como se estivessem viajando com um objetivo bem definido em vista, talvez em penitência, com o desejo de purgar os seus pecados.

Desviam-se um pouco quando se aproximam de mim, mas mesmo assim dão a impressão de mal estarem me vendo, continuando sua trajetória no mesmo ritmo. Inesperadamente um ou outro ergue o focinho, cheira o ar, procura por algo que não pode ver, algo muito forte — então o pavor me congela os músculos, deixo de respirar. Em seguida o bicho desiste e volta a se preocupar apenas com a caminhada.

Vêm correndo numa longa fila, dois ou três ou quatro lado a lado, tendo já se consumido um bom tempo antes que toda a procissão consiga passar por mim. No momento em que mais se aproximam chegam a uma distância de quase cinço metros.

Depois que todos acabam de passar, e estão agora novamente desaparecendo na turbulência do ar e do horizonte, olho aliviado na direção oposta à procura do maldito xerife.

Ao chegar ao furgão encontro-o sentado ao volante, recolhendo algumas folhas de caderno que acidentalmente deixou cair no banco, suba, compadre, onde diabos você se meteu?, é hora de voltarmos pra casa, ele resmunga. Diante de tamanho alheamento decido não lhe contar nada. O imbecil não acreditaria mesmo.

19

No galpão a armadilha está quase pronta.

Numerosos extintores de incêndio agora adaptados para uma nova função foram colocados, camuflados e cobertos por pequenas lonas de náilon, em vários pontos estratégicos escolhidos de acordo com a posição da lua.

O xerife regional passeia calmamente entre os extintores, vistoriando-os, ora anotando num pequeno caderno o número e a posição de cada um deles ora se certificando de que todos, de acordo com as suas ordens, foram abastecidos com o líquido escuro e malcheiroso por ele mesmo preparado antes de sair do escritório.

Ele faz isso sob nosso olhar curioso. Apesar do grande desejo de compreender o que é que está acontecendo, ninguém diz nada. Qualquer palavra por menor que seja pode acabar tirando-o do transe em que se encontra.

Ao descobrir um fio desconectado e uma chave de fenda fora do lugar ele se irrita e começa a nos xingar de todos os nomes e sobrenomes possíveis. Pouco depois, percebendo a limpeza em que se encontra o galpão graças à faxina levada a cabo pelas mulheres sob o comando de mamãe, ele nos elogia e reconforta, distribuindo abraços e lisonjas. Assim é o senhor Pablo Porcino, o xerife regional.

Então, consultando o relógio de bolso, ele finalmente diz, senhoras, hora de preparar o jantar.

Sem titubear tia Matilde vai até a cozinha e volta com uma caneca cheia de água quente. O xerife pega a caneca, ajoelha-se e despeja todo o conteúdo dentro de algumas tigelas de alumínio. Depois, abrindo um pacote de ração para porcos, dissolve-a n'água sem pressa, mexendo com uma colher, mexendo e mexendo. Da mistura começa a desprender vapor.

Santo Deus! isto aqui está realmente cheirando muito bem, ele nos diz ficando de quatro e encostando o nariz na borda de uma das tigelas. Paralisado nessa posição, por um instante chego a acreditar que ele pretende de fato levar a colher cheia à boca. Todos nós olhamos para a sua cara, atentos. Percebendo o nosso silêncio ele então se afasta da comida dando uma gostosa gargalhada, ah sim, o aroma está ótimo, mas ainda está muito quente.

E sentando no chão sujo continua a dizer, vamos deixar esfriando, porcos não gostam de comida quente. Por sorte, acredito que não aparecerão por aqui antes da madrugada. Talvez por volta das três, quatro horas. Disso estou certo. Temos tempo, até lá. Mesmo assim, no mais tardar à meia-noite, quero vocês fora daqui, acomodados num local mais seguro, e todas as luzes apagadas, compreenderam?

20

A noite chega e encontra o xerife regional ainda sentado no chão, manipulando cuidadosamente algumas peças de níquel e confirmando com a ajuda dos diagramas e das anotações a correta posição de todas elas.

Tudo é feito sem pressa, com muita atenção.

Ele demora-se muito em cada movimento porque o escafandro que está vestindo — um modelo readaptado por sua equipe para resistir a grandes descargas de gás — é bastante pesado e desconfortável.

Ao seu lado há uma tigela com ração para porcos.

Apanho um pouco dessa comida e a examino à luz de um lampião. A mesma substância malcheirosa dos extintores cobre boa parte dos grãos dissolvidos n'água, formando uma pasta grossa e asquerosa.

Parece envenenada, murmuro.

O xerife regional pisca para mim com a maior gravidade de dentro de seu traje, é isso aí, colega, uma refeição igual a esta só se come uma vez na vida.

Seu senso de humor é grosseiro e fora de propósito.

Isso aqui é mesmo o que parece ser, não é? Esses são seus métodos, não é mesmo?

Ele pára de súbito na minha frente colocando todo o peso do corpo contra o meu — uma parede flácida e mal distribuída metida num saco de borracha, obstruindo a minha passagem — e se põe a gritar, dando soquinhos no meu peito ora com a mão fechada ora apenas com o indicador, com a intenção de pontuar cada palavra e cada vírgula, às vezes ásperas às vezes um pouco mais do que isso, e logo percebo que não devia ter aberto a boca.

Ele me cutuca — está furioso! — enquanto diz, do que é que você está falando, garoto? Ainda não entendeu a situação aqui?! Estou me referindo a uma forma de vida que diferente do que se pensa está em toda parte, igual a você e a mim, compreende? — o rosto adquire tons cada vez mais rubros — Eu vivo de acordo com os costumes locais, sou um cidadão respeitável, vou às festas públicas, cumprimento as pessoas na rua, sou gentil e honesto quando me pedem pra ser, mas quando ninguém está olhando, quando todos propositadamente começam a fazer vista grossa, sei muito bem qual é o significado disso. Estão dizendo: OK, meu caro, é a sua vez. Nós temos problemas e alguém tem de fazer o trabalho sujo. Alguém que não se importe de chafurdar na lama com aqueles animais. É disso que eu estou falando.

Me solta, desgraçado, eu digo segurando-o pelas mangas do escafandro, mas não dá para segurá-las muito bem pois os dedos escorregam. Algumas lágrimas de ódio deslizam pelo meu rosto. Envergonhado por estar chorando, onde poderia encontrar forças para explicar-lhe que talvez, apenas talvez, Madalena esteja novamente à minha procura aprisionada agora no corpo de um porco?

O serviço é sujo mas gosto dele, e qualquer moleque que tentar se interpor entre mim e aquela canalha fedorenta vai estar em maus lençóis.

Enojado com toda essa demonstração de desprezo e indiferença saio do galpão à procura de ar, mas não há ar no lado de fora, há apenas um silêncio anormal, abafado e cruel.

21

Menininha está sentada num caixote de cerveja, quieta.

Quieta como nos dias em que se ouve uma tempestade chegando e há o silêncio tão comum durante uma espera, e uma quase imperceptível mudança de cor no céu enquanto a brisa passeia sobre o solo trazendo rajadas, sombras, brumas. E a mudança nos pressiona os ouvidos e ficamos suspensos no tempo, na espera da tempestade que se aproxima. Então começamos a nos preocupar. O céu fica manchado e colorido. As nuvens engrossam. A floresta adquire um tom terroso. A relva emite leves murmúrios de advertência. Sentimos o cabelo agitar-se suavemente. Em algum lugar da casa o relógio avisa, é hora, é hora, sempre com a mesma leveza, como água pingando no veludo. Mas a tempestade não vem, jamais vem, e ficamos presos para sempre na expectativa de sua chegada.

Observando Menininha assim sentada não sei dizer a mim mesmo o que é mais irritante, mais odioso: se os porcos, se o xerife regional ou se ela, tão envolvida nos seus absurdos pensamentos.

Fora do galpão na escuridão há um universo de ruídos e lampejos que acaba me deixando preocupado. Pequenas máscaras nos observam amaldiçoando-nos do meio do mato.

Então prestes a prever o que está para acontecer chego à conclusão de que a presença do xerife regional entre nós é um grande erro. Percebo isso ouvindo os porcos que lentamente com o aprofundar-se da noite vão se espalhando ao redor da cerca — centenas deles, ainda sem coragem para invadir o quintal, a cozinha, a garagem, o galpão, atraídos por um cheiro conhecido e terrivelmente insípido. O cheiro da isca nas tigelas, concluo.

Mas não. Como não pensei nisso antes. Não se trata do cheiro da comida. É algo muito pior. Algo capaz de enraivecer e arruinar o melhor dos animais. Algo incrivelmente mais violento e cruel, capaz de fazer definhar o próprio chão onde pisam.

Os porcos não estão uivando para a lua nem para a comida. Estão uivando para o xerife regional. Estão decididos a fazer alguma coisa contra o senhor Pablo Porcino, contra o seu cheiro odioso, contra a sua vida de filho-da-puta.

Porque ambos — o xerife e os porcos — são inimigos antiqüíssimos, Menininha murmura depois de ler os meus pensamentos.

Os ANTEPASSADOS, OS PORCOS

Duas pequenas esferas fosforescentes nos espreitam de um vão na cerca. Madalena? Em pouco tempo, quatro, seis, dez, vinte e oito novas bolinhas vêm se somar às primeiras.

Corre pra dentro, eu grito para Menininha.

Grandes inimigos. Isso eu percebo ouvindo o som da grama sendo pisada pelos porcos, por mim, o som dos meus passos através do quintal, dentro do galpão, à frente de uma multidão irracional que enquanto corre vai espalhando à sua volta pedaços de madeira e de arame farpado, de uma multidão que rodopia e requebra e saracoteia seguindo minhas pegadas aos guinchos e uivos, indiferente a tudo o que possa ou não decorrer de tudo isso, indiferente aos meus gritos, aos gritos abafados de Pablo Porcino, de tia Alice, de tia Matilde e de todos os demais que como eu são também visivelmente pegos de surpresa.

22

Mamãe agarra Menininha com força. A danadinha me seguiu e, antes de ser pega pelos braços rechonchudos, ficou parada no vão da porta sem saber se devia entrar ou continuar no lado de fora. Mamãe agarra-a num gesto inconsciente e a arrasta para perto de si, enquanto eu ainda aturdido fecho a porta do galpão o mais rápido possível.

Logo fica claro que o xerife regional subestimou a agressividade dos porcos, não prevendo uma atitude tão extremada por parte deles, pelo menos não tão cedo. Por um minuto seu rosto é pedra pura — está encurralado. Mas no minuto seguinte diante de todos ele se divide. Dois xerifes, dois Pablos.

O primeiro está atordoado, sem fala, prestes a se desfazer, a se converter em pó. O segundo, totalmente recomposto, começa a remexer dentro da sua mochila, aos gritos, usem isto aqui, peguem uma destas, sacando e entregando a cada um de nós uma máscara contra gás. O primeiro Pablo dissolveu-se no ar ao menor sinal de perigo. O segundo, renascido, continua o trabalho a partir do ponto onde o outro parou, dando ordens, arrastando com vigor seu traje impermeável pra cima e pra baixo.

Hora de apagar as luzes, ele por fim nos diz, escondam-se onde puderem, escondam-se.

Menininha se aproxima e me segura pela mão. Está apavorada. Percebo isso de duas formas: olhando o seu rosto opaco e sem contornos atrás da máscara contra gás, tocando-lhe os braços descoloridos. Ela nem ao menos parece estar aqui. Eu a abraço e a protejo do xerife regional e do restante da família que num corre-corre alucinado se espalha à procura de abrigo. Protejo-a com meu corpo arrastando-a cuidadosamente — porque agora no escuro seus pés parecem congelados — para longe da porta trancada, tateando e tropeçando em quinquilharias.

Mãos poderosas golpeiam a porta deixando-a em frangalhos. Depois cessam de bater.

Durante algum tempo não se ouve nenhum ruído exceto o vento na folhagem e o sangue latejando nos ouvidos. O próprio galpão é todo ele um murmúrio misterioso que convida ao sono.

Menininha e eu nos escondemos atrás de uma escada que leva, após dez ou doze degraus, a um pequeno observatório úmido e apertado construído por meu bisavô no telhado, pouco antes do final da guerra. Ele esperava com isso se precaver contra um possível ataque surpresa. Ataque este que para a nossa felicidade nunca chegou a ocorrer.

Talvez devamos subir e nos esconder lá em cima, penso. Mas não subo, nem Menininha sobe. Os porcos, pelo que nos foi possível deduzir de experiências passadas, dominam tanto os lugares baixos e confortáveis quanto os altos e de difícil acesso.

No lado de fora o som rasteiro de patas em contato com a grama, arranhando, rasgando, dá várias voltas ao redor do galpão, riscando as paredes, forçando o vidro das janelas, agredindo selvagemente qualquer coisa que encontre pela frente. Isso no início. Depois aos poucos

ALGUM LUGAR EM PARTE ALGUMA

tudo vai se aquietando, transformando-se em fuligem. As batidas no que sobrou da porta, antes violentas e descompassadas, já não se fazem mais ouvir, e o farfalhar da mata devagar vai diminuindo de intensidade. Mas toda essa contração passa de repente a não ser mais um bom sinal.

Por onde você acha que vão entrar?, Menininha sussurra, o rosto parcialmente banhado por uma luz tênue, azul.

Não sei, respondo atento primeiro ao estranho reflexo que vem do seu rosto, depois de olho na lua que começa a aparecer na clarabóia. É um disco chato e enevoado, a lua. Seu brilho não é muito intenso, mas é delgado o suficiente para provocar sombras e assombrações aqui e ali. Ele cai em gotas igual à chuva, em pontos muito bem determinados, criando furos claros numa parede toda negra.

Próximo à escada me parece entrever uma figura esguia movendo-se ora na escuridão ora sob essa chuva tênue, entre as mesas e os demais objetos há tanto tempo abandonados.

Alguém dentro da escuridão sugere num fio de voz que se coloquem cadeados nas janelas fechadas. Todos de uma forma ou de outra concordam. Porém ninguém se dispõe a sair de seu nicho, de sua secreta posição, para levar adiante o proposto.

Sinto-me como se estivéssemos dentro de um guarda-roupa, todos nós dentro de um imenso, escuro e quente guarda-roupa, Menininha sussurra encostando o rosto no meu.

Pergunto o que ela quer dizer com isso.

A sensação de estar dentro de um guarda-roupa, compreende?, ela então me diz, tão colada em mim que mal posso respirar sem esbarrar nos seus braços. A mesma sensação de se estar a centenas de metros abaixo da superfície do oceano, numa região onde não existem peixes nem plantas. Ou na superfície da lua, dentro de uma cratera imensa, compreende?

Mais ou menos. Acredito que sim.

Durante as festas, costumo me esconder dentro do guarda-roupa da vovó. Dessa forma, as outras crianças dificilmente me encontram. Tudo isso faz parte é claro da brincadeira que inventamos na hora, alguma coisa do tipo pega-pega misturado com esconde-esconde.

Compreendo.

Fora do guarda-roupa tudo é festa, gritos, doces, tios, tias, assovios na sala, nos corredores, no quintal. Dentro tudo é silêncio, tudo é absoluto. Uma quase sensação de queda. O vazio mesmo. Não há vozes, nem barulho. Ainda mais porque há bastante cobertores em que se enrolar, impedindo qualquer vibração externa de chegar aos nossos ouvidos. O único som que você ouve é o do sangue correndo nas veias e o da cabeça funcionando — um zumbido baixo mas contínuo. Juro pra você, é muito agradável. É como estar dentro das coisas. Se você pronunciar uma palavra ela não sairá como se fosse feita de ar. Ela sairá como uma bolha de plástico mole e pegajosa. Sairá da boca devagar, esticando-se e se contraindo, procurando abrir caminho no vácuo como se este fosse um bloco de concreto e ela, a palavra, um pequeno caramujo. Depois, já completamente desligada de você, ela não irá se expandir indefinidamente, em todas as direções, a trezentos e quarenta metros por segundo, que é a velocidade do som. Não. Como uma bolha ela ficará por muito, muito tempo na sua frente, se contorcendo, girando sem cair, sem se dissolver. Exatamente isso: uma bolha. Essa é a sensação de estar dentro de um guarda-roupa.

Afago a sua cabeça de leve. Já sabe a velocidade do som, a danada.

Devagar ela vai afrouxando os braços. Suas pernas então se curvam e ela agora ao que tudo indica mais aliviada escorrega o corpo e se deixa cair no meu colo. Seu cheiro é bom, doce. Puxo com a ponta dos dedos uma mecha do seu cabelo e fico desfiando-a infinitamente enquanto ela cai no sono dentro do guarda-roupa minúsculo e acolhedor que só ela parece perceber.

23

Mal conseguindo manter a respiração constante eu tiro a máscara. Estava quente e as bordas de plástico começavam a machucar, desenhando um contorno vermelho no meu queixo, nas bochechas e acima do nariz. O ar até então bastante condensado torna-se mais aprazível.

Misturando-se com o murmúrio da noite fora do galpão o assovio seco, a concreta compressão de sílabas trocadas entre tio Bóris, tia Emília e os demais, independentemente do fato de estarem todos próximos ou não uns dos outros, acaba criando uma nova camada sonora, mais abstrata do que a do gemido dos porcos no exterior, muito mais irresistível e contagiante.

Fecho os olhos para perceber melhor o ritmo e os contornos do que estão falando. Porém o que estão falando é confuso e desinteressante. Decididamente muito desinteressante. Sendo assim, com as costas apoiadas na lateral da escada e com a cabeça de Menininha apoiada no meu peito, procuro ficar numa posição mais confortável para poder suportar a longa noite, à espera do nascer do dia.

Fechados, meus olhos ardem. Há muita luz ao nosso redor pois a lua está inteira na clarabóia e, depois de tanto tempo submerso no mesmo lugar diante dos mesmos objetos, enxergar no escuro passa a ser muito fácil para mim.

Veja só, tudo o que eu toco começa sem mais nem menos a transpirar.

Menininha não me ouve. Não percebe que também encostada nos degraus, envolvida pelo casulo em que se transformou meu corpo, está correndo o risco de se evaporar, de desaparecer sem deixar vestígios.

O galpão fica nebuloso, depois escurece totalmente. Durante o sonho — porque de repente é como se eu estivesse de fato sonhando — sinto que me puxam pelo casaco, pelos braços, pelos pés, pelas meias, aqui, ali, em toda parte. Sobem nas minhas costas e tentam me arrastar para o chão, bater minha cabeça contra os degraus da escada. Procuro despertar. Acorda, digo a mim mesmo. Mal abro os olhos e sou agarrado pelo pescoço, pelos cabelos, pelos braços e derrubado.

Menininha estremece violentamente. Um suor frio cobre-lhe as bochechas e as pálpebras, congestionando a respiração e embaçando a máscara. Por um instante, sufocado, com a cara colada no cimento, não sei se o que está me derrubando é o peso de seu corpo ou se outra coisa.

É um horror indescritível sentir na umidade do chão todas essas criaturas flácidas amontoadas sobre mim. Tenho a impressão de estar preso numa monstruosa massa de gordura, de estar incrustado na terra, completamente imobilizado. Ela se esparrama me sufocando, cobrindo pouco a pouco todo o meu corpo.

OS ANTEPASSADOS, OS PORCOS

Não conseguindo me libertar paro de lutar. No mesmo instante a força que me comprime contra o chão nivela-se, equilibra-se.

Quase desmaio ao sentir no pescoço a mordida de pequenas brocas, numerosas e afiadas.

Alguém invisível grita, acendam as luzes.

As luzes se acendem, mas não há lâmpadas. Há apenas a lua, tão próxima agora que mal consigo enxergar o que é que se esconde atrás do seu brilho. Sei que na certa é algo muito importante. Algo que me é proibido, algo que eu deveria conhecer.

Você está ouvindo?, uma voz me questiona.

Quê?

Está ouvindo essa leve ondulação das paredes?

Por que pergunta isso?

Percebo, pela forte entonação e pelo sotaque, que é o xerife regional. Ele se aproxima, encosta os lábios nos meus ouvidos e sussurra, aposto que você estava realmente querendo isso, não é mesmo?

Os lábios desaparecem. No seu lugar surgem os olhos quentes e aflitos de tia Matilde, eu pedi mil vezes que não deixassem as portas abertas, não pedi? Quantas vezes eu terei de repetir isso, meu Deus? Quantas mais?!

Tio Bóris aproxima-se logo em seguida e a segura pelo braço, tentando arrastá-la para a cozinha, pois já é noite, ele diz, e o costumeiro chá com bolachas servido todas as noites por volta das onze e meia está à

ALGUM LUGAR EM PARTE ALGUMA

sua espera, ele diz, está lá em cima da toalha velha e desbotada na cozinha, ele diz, tentando fazer com que ela se acalme.

Tia Matilde enxuga as mãos no avental e assoa o nariz. Os olhos estão fundos, úmidos. A boca mal consegue pronunciar as últimas palavras, seu último *sim*. Ela está zangada porque Madalena e eu durante nossos passeios, tão perdidos em nós mesmos e na beleza do campo que nos envolve, quase sempre nos esquecemos de fechar as portas depois de sair de casa. Isso a deixa furiosa, realmente puta da vida.

Tio Bóris a acompanha escada abaixo, segurando-a pelo cotovelo. Tia Matilde após entrar no corredor — e essa para ela é a única forma possível de vingança — blam!, arremessa a porta contra o batente, com toda a força de que dispõe.

Ouço um estalo seco. Depois a quietude.

Menininha cola o rosto no meu. Fique calmo porque o dia já vem. É um rosto suave. Um pouco nebuloso, todavia cheio de vida. Não chego a ver ou a sentir o cheiro do seu cabelo.

24

Só muito tempo depois aos poucos retorno à consciência.

Todo o meu corpo parece anestesiado. Minhas mãos latejam e não há luz onde estou.

Dos sentidos o primeiro a voltar completamente é o olfato. Percebo um cheiro conhecido, que no entanto não posso identificar de imediato. Talvez o cheiro do amaciante nos lençóis, ou na certa de algo muito mais complexo: o cheiro morno resultante da soma de todos os demais cheiros dentro do quarto.

Em seguida começo a ouvir ruídos: vozes abafadas, o abrir e fechar de portas, uma buzina a distância. Ruídos que, em vez de se unirem ao cheiro conhecido na construção de uma imagem clara e objetiva da minha atual condição, me confundem mais ainda ao se confundirem com as primeiras e irreais impressões olfativas, embaralhando-as.

A boca amarga, a língua dura.

A visão, contrariando as minhas expectativas, não vem imediatamente após os demais sentidos. Demoro a descobrir isso porque de início prefiro manter os olhos fechados enquanto volto a sentir o quarto onde estou, sem pressa, tão-só com os dedos, o nariz e os ouvidos.

Toco as pálpebras com a ponta do indicador e percebo que estão erguidas.

Então, na ordem inversa em que haviam aparecido, tato, audição e olfato vão sendo desligados um a um, e contra a minha vontade me vejo mais uma vez diante de imagens que me são estranhas, num território que desconheço.

Estarei sonhando?

Enfim as palavras mágicas, a pergunta que responde a si mesma. O encanto está quebrado.

No mesmo instante viro de lado, abro os olhos e tudo ao meu redor se firma com tranqüilidade.

Acordo completamente sóbrio no meu quarto e na minha cama — reconheço de imediato a silhueta e o cheiro dos móveis — porém sem saber se ainda é noite ou se já é dia pois as cortinas estão fechadas e a luz que passa pela fresta da porta, um brilho diáfano, pode tanto ser da lâmpada do corredor quanto do sol refletido no verniz do assoalho.

25

Não se esqueça de tirar a água do fogo, ouviu bem? Já está fervendo há muito tempo.

Tia Emília falando com alguém na cozinha. Na certa com vovó.

O som da superfície borbulhante da água no fogão sobe pela escada, passa pelo corredor e vem morrer ao meu lado. As bolhas e o vapor estalam igual a uma prancha de madeira seca sob o sol.

Confundindo-se com esse murmúrio que imediatamente toma a consistência, o aroma e o sabor de café sendo coado, ouço um tique-tique-tique contínuo, monótono, no batente e na janela.

Concentro toda a atenção nele por pura preguiça, por não ter mais nada para fazer, por não estar nem um pouco disposto a sair da cama, por estar também com muita dor de cabeça e porque, contrariando o que se poderia esperar até mesmo de uma batida tão miúda, tão ritmada quanto essa, a dor e a náusea que sinto parecem diminuir, ficar mais brandas, em razão de eu ter algo que me mantenha os olhos e os ouvidos ocupados.

Chove, eu penso. Há quanto tempo estou aqui?

Não saio da cama, não abro a janela. Apenas fico quieto imaginando as gotas d'água como insetos que se põem a voar todos juntos, descendo do céu em apertadas filas. Não se separam, não vão ao léu na sua rápida travessia, mas seguem em frente todos na sua posição, cada qual atraindo sobre si o precedente, deixando o céu mais escurecido do que se fosse a partida de um bando de andorinhas.

Tique-tique-tique tamborila a chuva.

Tio Bóris costuma dizer que no verão o mau tempo não é mais do que o mau humor passageiro, superficial, do bom tempo sempre fixo instalado na terra onde se solidificou na forma de flores e folhas amplas, sobre as quais escorre a chuva sem comprometer a sua resistência nem a permanente alegria.

Toque-toque na porta.

Entra.

Falando no diabo... Pedro Bóris coloca a cabeça dentro do quarto, como está se sentindo, garoto?, sua mãe está muito preocupada com você. Ele traz uma bandeja com café e torradas. Ainda está de pijama, mas com uma excelente aparência. Porém percebo que parte desse aspecto tão juvenil se deve mais ao agradável cheiro da cozinha, dos alimentos sendo preparados, que vem impregnado na sua roupa, nos seus poros, do que a qualquer outra coisa. Coma logo o que eu trouxe, caso contrário sua mãe me corta as orelhas. Hoje sou eu o responsável por você. Todos estão muito apreensivos.

Há quanto tempo estou aqui?

26

Eu estou tão confuso, talvez devido à sonolência, talvez devido à forma alucinante como tudo transcorreu, que estranhamente — há quanto tempo estou aqui? — não me lembro de já ter feito essa pergunta antes.

Na verdade durante toda a nossa conversa, e isso só vim a perceber há pouco, várias vezes eu pergunto a Pedro Bóris a respeito do tempo que estive na cama.

Três dias, rapaz! Faz três dias inteiros que você não abre os olhos e não ergue as pernas nem pra ir ao banheiro. Sua mulher está furiosa.

Tio Bóris puxa uma cadeira, põe a bandeja sobre ela, passa manteiga numa torrada e a coloca rente aos meus lábios.

Sento na cama, apanho a torrada com a ponta dos dentes, mastigo demoradamente os pequenos grãos de farinha e gergelim e os engulo, um a um, sem pressa. Durante todo esse processo eu percebo: estou faminto.

Rapaz, que farra! Pegaram vocês direitinho. Mal acreditei no que vi, ele me diz, procurando dar um ar casual às palavras, ora arrumando uma dobra no lençol ora invertendo a posição da colher em cima do pires. Mesmo assim não é difícil de se notar sua excitação reprimida. Afinal ele foi obrigado a esperar três dias, cada qual mais longo do que o anterior, para me dizer, rapaz, que farra!

Quem nos pegou?, eu pergunto.

É claro que eu poderia muito bem ficar quieto, mas para o bem-estar do meu tio penso que enfim a melhor coisa a fazer é dar continuidade à conversa.

Os porcos! Ora essa, quem mais poderia ser? Deixaram o pobre homem em frangalhos, e como deixaram... Ontem mesmo fui visitá-lo na enfermaria. Mal consegue mover as pernas o coitado. Está muito ferido.

O pobre homem é o xerife regional, suponho?

Pois é.

Sentado escuto a água escorrer dos castanheiros que crescem no lado da casa onde fica meu quarto. Nessa hora nada, nem mesmo o sentimento mais amargo consegue me tocar, pois eu sei que toda essa chuva sobre os galhos não faz mais do que envernizar as folhas, que apesar do tempo ruim esses mesmos galhos prometem ficar aí como penduricalhos do verão, ondulando ao vento durante todo o dia. É também sem nenhuma tristeza que escuto a água correr entre as flores no fundo do jardim.

Devo te dizer uma coisa. Não vá se zangar, mas a verdade é que no meio daquela confusão toda não pude segurar o riso, não pude mesmo.

Tio Bóris puxa uma cadeira e senta ao meu lado.

Do que é que você está falando, pergunto enquanto sorvo o café. Aos poucos vou-me interessando pela conversa.

Estou falando da maneira como você e o senhor Pablo se sacudiam embaixo daqueles animais. Pareciam duas salsichas na chapa. Vocês uivavam mais do que os porcos. Desculpe, perdão, rê, rê. Ufa, foi divertido... Graças a Deus conseguimos retirar vocês com vida. Foi realmente incrível.

Não me lembro de nada.

Compreendo. Bem... Melhor pra você, acho. Você deixou cair a máscara, lembra-se? Não, claro que não.

Nem eu mesmo percebi isso de imediato. Creio que essa foi a razão de você perder os sentidos quando o pega-pra-capar começou. Rapaz, que farra.

Que movimentação é essa na cozinha? Estamos esperando visita?

Por Cristo, não! Você passou tanto tempo nesta cama que até perdeu a noção da realidade. São os preparativos para a ceia de Natal. É Natal, meu caro. Logo os sinos começarão a tocar. Espere só e verá.

Natal, já?

Bem... ainda não. Mas será. Daqui a três dias.

Grande merda.

O primeiro porco apareceu na véspera de Natal. Pedro Bóris parece não se lembrar mais disso. Sua capacidade de apagar da memória fatos até então fundamentais agora sem a menor importância acaba de entrar mais uma vez em ação.

Você conhece muito bem a sua mãe. Ela detesta preparativos de última hora. Nada de surpresas, ela vive dizendo aos quatro cantos da casa, e afinal o doutor Guedes nos tranqüilizou quando esteve aqui. Dois ou três dias, ele disse. Não mais do que dois ou três dias. Deixe-o descansar um pouco. Estava se referindo a você. Não se preocupem, em no máximo três dias ele estará acordado e bem disposto, ele disse.

Santo Deus, já se passaram mesmo três dias?

Eu cheguei a perguntar muitas vezes a respeito do

tempo, como já foi dito. No entanto na minha memória a cada nova resposta de Pedro Bóris sua fisionomia parecia não se modificar um milímetro sequer. As pupilas não tremiam, os lábios não se mexiam, as mãos não transpiravam.

Era como se ele nada estranhasse diante de tantas repetições. Talvez por me achar ainda bêbado de sono, ou talvez por estar tão ocupado com outros pensamentos que nem chegava a perceber o eterno retorno à mesma questão: o tempo.

Três dias, não. Quatro. Mas não ficamos muito preocupados com isso. Você suou bastante, disse todo tipo de bobagem durante o sono, porém nada que fosse fora do normal. Quero dizer, nada que fosse exageradamente fora do normal. Agora beba seu café.

Antes de sorver a última gota eu me apalpo. Estou faminto mas também muito inchado. Meu corpo está cheio de calombos vermelhos. Surgiram ínguas na virilha e nas axilas.

Após comer e beber até me fartar, a fome cede lugar a outros desconfortos.

Merda, resmungo sem saber se de dor ou se de sono. Devagar sinto o corpo mais uma vez anestesiado sendo mergulhado quase que instantaneamente num torpor antigo, absoluto, conhecido.

Tio Bóris reaviva os meus sentidos com várias sacudidelas, ei, anime-se, não vá descambar mais uma vez, ele diz, me acomodando melhor no travesseiro, não quero você nessa cama por mais quatro dias, OK? Você é responsabilidade minha, não se esqueça. Sua mãe me arranca as bolas!

27

Quatro dias de sono, um ano de convivência com os porcos.

Quando tudo começou eu tinha vinte e oito. Hoje tenho vinte e nove. Em breve farei trinta. Depois trinta e um, trinta e dois, trinta e três. Uma eternidade. Então farei trinta e quatro, trinta e cinco. Mamãe e papai morrerão. Tio Bóris também. Por fim eu morrerei e da família restará apenas Menininha. Quanto tempo mais será necessário para que também ela dê o último suspiro? Veja só já é Natal, eu digo para mim mesmo. Bate o sino pequenino sino de Belém. Renas cagando no telhado.

Devo estar delirando.

Sinto a cabeça muito, muito leve.

Não se preocupe com isso, agora. Beba mais um pouco de café. Tome, aqui está.

Tio Bóris enche a minha xícara.

Bebo todo o café e aos poucos vou me reanimando.

Isso, rapaz. Não esmoreça. Estamos todos esperando você. Sua mulher mais do que ninguém. Não faz idéia do quanto ela quer te ver.

O que é que tem a minha mulher?

Está furiosa. Se está... Você durante todo o tempo que esteve desacordado não disse outro nome, não chamou mais ninguém a não ser a sua querida e bela prima, Madalena. Rapaz, tome muito cuidado. Sua mulher não gostou nada-nada disso, e está armada. Não vá se meter em uma nova encrenca, está bem?

De fato o rifle não está embaixo da cama, onde eu o havia deixado.

Pergunto a respeito de Pablo Porcino.

Você perdeu o melhor da festa, ele me diz aproximando os lábios do meu ouvido, caramba! o senhor Pablo estava com um aspecto horrível, gordo, suado, vermelho, arrastando-se de lá pra cá dentro daquela roupa de mergulhador, à procura de um lugar onde apoiar o corpo e principalmente a cabeça machucada. Do ataque dos porcos ele havia se safado, diferente de você. Porém alguém, um espírito maligno e mesquinho, um animal da espécie mais repulsiva — mas isso agora não importa mais — enfiou-lhe uma lâmina de canivete na perna. Pode imaginar uma coisa dessas? Uma lâmina de canivete bem acima do joelho do senhor Pablo? Que urro, foi horrível! O sangue manchou todo o chão. Sua tia Emília trouxe uma cadeira e o ajudou a sentar. Ele reclamava da perna, do estômago e da cabeça. Dores insuportáveis prejudicavam os seus movimentos.

Enquanto Pedro Bóris vai contando o que viu eu tento formar uma imagem, por mais incompleta que possa ser, da agonia do xerife regional, da péssima maneira como ele deve ter se comportado diante do fracasso. Mas em pouco tempo, preso a uma série de evocações desconexas e confusas, desisto.

Não há por onde começar. Nada que algum dia tenha pertencido ao xerife — um cheiro, uma cor, uma textura — consegue produzir na minha imaginação o efeito necessário para o tipo de construção que eu procuro.

Confuso, muito confuso.

Mais uma vez tudo o que consigo ver, igual a uma dessas ilusões visuais que aparecem nas revistas de jogos e passatempos, é uma coisa una e indissolúvel: a figura do senhor Pablo sobreposta e perfeitamente amalgamada na figura dos porcos, quer estes estejam aos uivos sobre mim quer estejam vagando a esmo sob a lua.

Pedro Bóris se prepara para sair do quarto. Antes, fazendo rodeios, ele devolve sem muita pressa as cadeiras ao antigo lugar, recolhe a xícara, o bule e o guardanapo e coloca tudo com cuidado na bandeja. Só então ele enfim me diz, seja sincero, o que foi que aconteceu entre você e Madalena?

Desconverso, respondendo com outra pergunta, ainda está chovendo?

Acredito que sim. Mas não tente me enganar...

Minha resposta — a única resposta possível a uma pergunta tão infame — é pedir a ele, por favor, poderia abrir a janela, só uma fresta?

Nesse momento, verificar se o ruído constante e monótono na madeira é mesmo de chuva é para mim a coisa mais importante a ser feita.

Tio Bóris suspira, e sem dizer palavra faz o que pedi.

A chuva perdida na distância dissolve a paisagem com a ponta dos dedos esfumaçando-lhe as bordas.

Aqui e ali, pelo vasto campo que a quase escuridão provocada pelas nuvens baixas e pela umidade torna semelhante ao mar, árvores isoladas e uma ou outra casa à frente de uma colina mergulhada nas trevas e na água brilham como pequenos barcos à deriva, sem vela nem remos, sob uma camada de luz fina e fria.

Como poderia falar de Madalena com um completo estranho? Sim, porque mesmo estando ao meu lado, me servindo café, mesmo tendo estado ao meu lado por mais tempo do que eu possa me lembrar, Pedro Bóris é e será sempre um completo estranho para mim. Como eu poderia então conversar com ele sobre Madalena?

Santo Deus, como este quarto fede, ele pragueja. Vou abrir toda a janela só por um minuto, OK? Deixemos o ar entrar. Isso te fará bem.

OS ANTEPASSADOS, OS PORCOS

OK.

Não está chovendo forte. Porém assim que a folha única desliza para cima uma lufada intensa invade o quarto, respingando água em tudo.

Tio Bóris então se debruça no peitoril e luta sofregamente para descer a folha de madeira. Ele xinga, resmunga e se mexe com impaciência, pois os trilhos verticais estão bastante ásperos, pedindo algumas gotas de óleo.

Por esse motivo a janela leva dez ou quinze segundos a mais para ser fechada. Tempo suficiente para que meu lençol, meu pijama e meu rosto sejam completamente encharcados.

Tio Bóris bate a porta depois de sair, furioso porque também o seu pijama está muito molhado.

28

Sozinho, mais aliviado, posso voltar a respirar. Interpretei muito bem o meu papel.

Malditos porcos. Estão por toda parte. Primeiro diante do jardim, nos túneis que cavaram. Agora aqui dentro de casa, conversando, preparando o almoço, separando pratos e talheres em cima do pano de mesa azul, lendo o jornal, jogando damas — talvez xadrez —, enquanto aguardam a chegada do Natal. Usam roupas e sabem ser gentis, trazem café com torradas e até abrem a janela, quando lhes peço.

Sento na borda da cama, que parece transbordar. Tenho de me vestir, descer as escadas em me unir a eles, penso.

Volto a deitar sem sequer mudar o pijama e a roupa de cama molhados.

Piaus, canastras, carunchos, pirapitingas, sorocabas. Estão todos aqui escarafunchando os cômodos, falando no telefone, preparando-se para receber na véspera do dia vinte e cinco os membros da família que virão de longe, de outros estados. E nesse dia serão gentis e cordiais, como estão sendo comigo. Serão hospitaleiros, simpáticos, generosos com a parentada recém-chegada. Serão tolerantes com eles, com seus modos grosseiros. Isso antes de possuí-los.

Madalena dessa vez não estará entre as visitas. Ela foi a primeira a descer aos subterrâneos, a se misturar com a canalha fedorenta. Soluço. Choro muito. Pois sei que em breve Madalena, eu, todos nós nos reuniremos outra vez. No fundo do poço. Entre os malditos porcos.

29

Cuincho, cuincho, ronque, ronque, no andar de baixo. Sozinho, sem a contínua interrupção de uma voz externa à minha própria voz, fica mais fácil perceber as ondulações provocadas pelos porcos enquanto se movimentam nos cômodos inferiores.

O quarto vibra delicadamente como se, ecoando o murmúrio do que acaba de ser feito na cozinha, na sala, embaixo da escada, tentasse se adaptar da melhor maneira possível à nova realidade que esse mesmo murmúrio, mais do que seu próprio evento originador, sem perceber vai provocando.

Menininha caminha pela casa. Ela caminha contente, distribuindo os botões de rosas — brancas, amarelas, vermelhas —, que ela mesma apesar do tempo inóspito colheu no canteiro de vovó.

Ela sobe a escada, anda pelos corredores, desce novamente os mesmos degraus, cantando breves canções infantis, aos pulos, tentando não esbarrar nos vasos de porcelana, tentando não puxar sem querer a toalha de tricô sobre os aparadores.

Ao passar por alguém ou por uma porta fechada ela pára, escolhe o botão mais bonito do buquê, entrega-o à pessoa, ou coloca-o com delicadeza na soleira, sempre cantando, a barata diz que tem sete saias de filó é mentira da barata ela tem é uma só ah! ah! ah! oh! oh! oh! ela tem é uma só.

Menininha está feliz com a chegada do Natal.

Ela brinca e dança, ri e corre, ora se escondendo atrás dos móveis ora subindo nas mesas, nos armários e nos oratórios.

Tia Matilde, de mau humor, ralha com ela, acaba logo com isso, deixa de criancices.

Menininha no entanto não dá a menor bola. Afinal está chovendo em toda parte fora de casa. Além disso há alegria no ar, há algo de novo que somente ela parece perceber, e por mais que esbravejem não há onde brincar, exceto em cima dos móveis.

No quintal, de repente dois disparos seguidos ecoam no vazio.

Pouco depois mais dois disparos.

Vejo pela janela que a minha mulher continua de posse do rifle.

O horizonte é uma cortina velha e embaçada. O que poderia haver naquela vastidão?

Mesmo assim ela, vestindo uma capa impermeável, apóia o cano na cerca e a coronha sob a axila — lugar pouco adequado para se apoiar uma coronha de rifle, porém ninguém nunca lhe disse isso.

Ela faz mira e atira tentando alvejar alguma coisa que na certa não está lá. Não nesse fundo indistinto, cinzento. O coice machuca o seu braço e a joga no chão, e irritada ela se deixa ficar caída na grama apenas o tempo suficiente para se recuperar, ficar de pé e voltar a se encostar na cerca.

Pronto para um novo tiro, o rifle vasculha a extensão invisível e, diferente do que imagino, pára subitamente diante de um objeto que, apesar de não poder

OS ANTEPASSADOS, OS PORCOS

ser visto, deve parecer real. Talvez uma garrafa ou uma lata de óleo. Algo que mostra suas digitais apenas aos olhos muito atentos, do tipo que consegue perscrutar outras dimensões do universo.

30

Mais dois disparos.

Sua mulher não está aceitando muito bem o fato de você e Madalena, bem, você sabe, de você ainda pensar nela depois de tanto tempo, Menininha entra no quarto e coloca a última rosa sobre a cama.

Na minha frente está uma leitoazinha — o focinho prolongado, a pata dividida ao meio, o rabicó atrevido —, não uma criança. Decidido a levar minha encenação até o fim, me viro de lado, olho fixamente os arabescos do papel de parede e só então, depois de me convencer de que no lugar do porco está a criança, torno a me virar.

A barata diz que tem sete saias de filó é mentira da barata ela tem é uma só, Menininha de saída assopra-me um beijo da palma da sua mão.

Ao ver a flor sobre a cama fico enternecido.

Antes que eu possa agarrá-la e beijá-la no rosto, antes que eu possa perguntar pelo canivete de cabo de madrepérola, ela já não está mais lá, está no corredor, fugindo aos pulos do meu abraço, não tente se aproximar de mim, você está fedendo.

Fedendo, eu?

É. Fedendo a ódio e a todo tipo de sentimento cruel. Fedendo a medo e a barro podre. Mamãe tem toda razão. Você não devia ter vestido as roupas daquele homem. Você não devia ter se misturado com ele, com seus vícios e obsessões. O cheiro é insuportável, mesmo depois de tanto tempo. Não é um cheiro que irá sair com facilidade, não é mesmo. Nem é um cheiro fácil de esquecer, ainda mais estando todos nós sem aquela maldita máscara. É o perfume azedo que os tatus e as marmotas devem sentir quando cavam ao redor de ossos antigos, esquecidos há muito tempo sob a terra de um cemitério abandonado. Ele entra na carne impregnando-a, Menininha me diz descendo os degraus em disparada, para o seu próprio bem não saia de casa antes de tomar um bom banho. Ou você acha que os porcos vão perdoá-lo também desta vez?

Logo ela está fora de meu alcance, fora de meu campo de visão.

Mesmo assim eu vou no seu encalço deixando atrás de mim uma trilha d'água no assoalho recém-encerado. Fedendo, eu, por que é que ninguém me disse isso antes?

OS ANTEPASSADOS, OS PORCOS

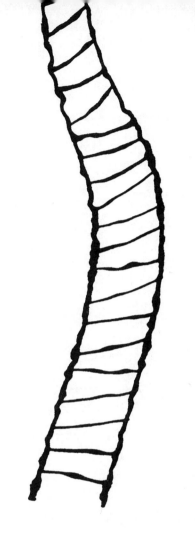

O irmão brasileiro

Não. Não era exatamente sobre isso — Alice, a igreja, o churrasco — que eu queria falar.

Não.

A importância desses fatos é, não resta a menor dúvida, pequena demais. Não deviam nunca ser levados em consideração.

Não era sobre eles que eu queria falar.

Muito menos sobre futebol.

Eu odeio futebol.

Como profissão, quero dizer.

Acho-o truculento demais, imbecil demais.

Acho-o sem sentido, tolo.

Vinte e dois sujeitos uniformizados, uma bola, cem mil pessoas se acotovelando em arquibancadas de concreto frias e desconfortáveis, procurando ver uma seqüência de lances que está acontecendo a uma distância frustrante, a centenas de metros dos seus olhos. Santo Pai, elas chegam a pagar por isso!

Tudo bem. Somos o país do futebol, não somos?

Nós. Digo, eles. Esses que me cercam, os bretões.

Mas não é sobre futebol que eu quero falar.

A molecada joga futebol em todos os cantos do país. Jogam nas escolas, nos terrenos baldios, muitas vezes sem uniforme, descalços, com bolas gastas e rombudas. Acho isso muito bom. Nós inventamos o jogo, não inventamos? Em vez de uma bola, no começo era usada a cabeça de alguém condenado à morte, de um assassino ou de uma feiticeira. Li isso num artigo, em algum lugar. Mas os marmanjos de posse, os grã-finos, os da nobreza, esses preferem outros esportes.

Preferem o tênis. Ou o hipismo.

Dizem que a rainha adora jogar críquete.

Críquete, tênis, hipismo. Devo estar enlouquecendo.

Não era sobre nada disso que eu queria falar.

Sobre Alice, sim.

Ou não?

Agora nem disso tenho certeza.

Talvez quisesse falar apenas dos meus pais.

Não dos pais que estão comigo hoje. Não.

Gostaria de falar dos meus pais verdadeiros, da minha infância, da minha cidade e do meu país de origem. No entanto, quando penso neles vejo apenas bruma e sombras. Não faço a menor idéia de como tornar tudo isso mais nítido. Quem poderiam ser, qual país seria este?

Gostaria apenas de falar.

Não dos pais que estão comigo, que me vestem, me alimentam e permitem que eu viva sob o seu teto, sob o seu confortável teto em Notting Hill, a dez quadras de Kensington Gardens. Destes eu não sinto nenhum desejo de falar. Tenho problemas com o meu pai. Com o meu pai inglês. Tenho problemas com a minha mãe também. Junto deles sinto como se fizesse parte de uma novela policial. Quem é o criminoso? Quem é a vítima? O mordomo, onde está? Difícil precisar.

O fato é que pra escapar de tudo isso eu estava pensando justamente nas minhas recordações de infância. Pensava nelas como um conjunto coeso e imutável, não como uma soma de cenas isoladas, não como um emaranhado de eventos dissociados uns dos outros.

Pra ser mais claro estava pensando na contradição que há, na minha cabeça, entre tudo o que eu lembro e tudo o que de fato aconteceu. Invenção ou memória? Sei lá.

Quero dizer, faz mais ou menos dez anos que as coisas têm andado muito confusas.

Dez anos, não. Vinte.

Vinte anos.

Às vezes sinto como se eu tivesse duas vidas. É, duas vidas completamente distintas. Mas não situadas em épocas históricas afastadas, como nos filmes, nos livros: uma vida no século XIV e outra no século XX, por exemplo.

Não. Duas vidas simultâneas. Separadas apenas por algumas dezenas ou centenas de quilômetros, cada qual numa região diferente do país. Ou do continente. Lembro de fatos relacionados com pessoas e lugares que na verdade nunca existiram. Alice é uma delas. O meu irmão também.

Nunca tive um irmão.

No entanto, o seu rosto, a sua voz, o seu modo de se vestir, de andar e mexer as mãos, os seus livros e os seus discos, tudo o que se refere a ele consiste em imagens vívidas, incrivelmente reais pra mim.

O meu irmão.

Pensava nele e em outras coisas mais.

Em coisas disparatadas, sem sentido.

Por exemplo: à noite, deitado na cama, eu costumava pensar na possibilidade de, mesmo que por um curto espaço de tempo, sair do meu corpo.

Sim, abandoná-lo completamente, como nos filmes e nas histórias em quadrinhos. Como nos contos d'*O país de outubro*.

Como no conto *Festa de família*.

Ray Bradbury. *O país de outubro*.

O país onde o ano está sempre chegando ao fim. Onde as colinas são nevoeiros e os rios, neblinas. Onde os meios-dias passam rápidos, as sombras e os crepúsculos se alongam e as meias-noites permanecem.

A minha era uma vontade férrea.

Passear pelas ruas da cidade, atravessar paredes, encontrar outros que, assim como eu, também tivessem conseguido se desligar do próprio corpo.

À noite, deitado na cama, de olhos ainda abertos eu fixava toda a minha atenção num ponto luminoso qualquer.

A luz do corredor entrando por debaixo da porta.

As fatias de luar passando pelas venezianas.

Uma lembrança de infância.

Coisas assim.

Estava determinado a alcançar o meu objetivo.

Me desligando das minhas experiências mais recentes, pretendia me desligar do meu corpo.

Pra isso repetia os exercícios de relaxamento ensinados por Wilson.

Primeiro os pés.

Os artelhos. Esticar. Relaxar.

Esticar. Relaxar.

Depois as pernas. Esticar. Relaxar.

Esticar. Relaxar.

Sempre respirando no ritmo do metrônomo. Sempre inspirando e expirando, inspirando e expirando, sempre.

Depois de alguns minutos eu sentia o corpo formigar.

Às vezes o quarto parecia girar delicadamente em torno de mim.

Nessas horas, apesar da rotação das paredes nada vinha ao chão, nenhum objeto em cima da cômoda, nenhuma peça de vestuário, nada saía do lugar.

Eu sabia muito bem que isso ainda não era o que estava procurando.

Depois das pernas, os braços. O pescoço. O corpo todo.

Esticar. Relaxar.

Uma sensação deliciosa subindo pelas pernas, chegando perto dos olhos, contraindo e dilatando as horas no relógio.

Cada vez mais perto.

Wilson havia dito, numa de suas palestras, que as viagens fora do corpo eram experiências impossíveis de serem realizadas, mera tolice. O mais longe que podíamos ir, em silêncio, depois de uma sessão de relaxamento, era pra dentro de nós mesmos, em direção às nossas lembranças afogadas.

Rumo às nossas lembranças esquecidas. Gosto dessa imagem contraditória: *lembranças esquecidas.*

Para dentro. Nunca pra fora.

Isso Wilson disse.

Dificilmente esquecerei a sua fisionomia.

Como se chamava?

Wilson. Eu já disse.

É. John Wilson.

Um padre. Ou ex-padre. Não me lembro.

O seu aspecto era robusto, porém fleumático, meio cansado. O mesmo do cara que fez o papel de padre n'*O exorcista*. Como se chamava? O tal padre que morre no final, qual era o nome dele?

Por quatro noites assistimos às suas palestras no pequeno salão paroquial.

Um padre, certamente. De outro modo não o deixariam usar o salão paroquial.

Parapsicologia.

Experiências extra-sensoriais. Possessões demoníacas. Casas mal-assombradas.

Coisas assim.

Semanas após o término das palestras, à noite, deitado na cama, eu continuava pensando na possibilidade de sair do meu corpo.

Fazia isso, mesmo contra todas as evidências apresentadas por Wilson.

Esticar. Relaxar. Inspirar. Expirar.

Quando o formigamento atingia o ápice eu passava pra auto-sugestão. Fazia exatamente como havia aprendido nas palestras.

Sem me mexer, ficava pensando em coisas do tipo: o meu corpo é feito de pedra, eu o sinto afundar no colchão, sim, eu o sinto afundar pouco a pouco, como se estivesse deitado numa pasta grossa, porém menos densa do que eu.

Em questão de segundos eu de fato afundava.

Ou, ao contrário, ficava pensando: o meu corpo é um balão cheio de gás, muito mais leve do que o ar, eu o sinto descolar-se progressivamente do colchão, eu o sinto escorregar com extrema delicadeza a poucos centímetros do assoalho.

Em questão de segundos eu estava saindo do buraco que eu mesmo havia criado.

Sem que eu pudesse explicar o mecanismo psíquico que possibilitava esse movimento, sentia o meu corpo levitar, flutuar pelo quarto, sobre os móveis, sobre as pequenas coisas espalhadas no chão, da mesma maneira como havia levitado duas ou três vezes durante as palestras.

Afundava primeiro. Flutuava em seguida.

O importante era não deixar de pensar nem por um instante na ação que estava executando. Não deixar de acreditar. Mesmo sabendo, nalgum canto perdido do meu cérebro, que tudo não passava de uma grande ilusão.

Mesmo sabendo. Mesmo estando deitado no colchão.

Mesmo estando imóvel.

É.

Ainda assim o importante era não deixar de acreditar.

Nem por um segundo.

Por isso eu ficava repetindo pra mim mesmo: eu me sinto flutuar, eu me sinto flutuar, incessantemente. O contrário também acontecia.

Pensando sem cessar: o meu corpo é mais pesado do que o colchão, o meu corpo, eu o sinto afundar, sinto a matéria de que é feita a superfície na qual estou deitado, eu a sinto subir, sinto uma grossa camada de espuma cercar os meus membros enrijecidos e me cobrir por inteiro, eu, pensando nisso sem parar, a superfície tremia, ondulava.

Afundo vagarosamente, eu pensava, eu acreditava, como se estivesse deitado em areia movediça, é, pensando insistentemente nisso essa experiência de fato acontecia. Acontecia? Pelo menos eu sentia os estímulos certos, verdade ou ilusão, eu sentia todos os estímulos capazes de convencer alguém de que era assim que ocorria.

Por isso, apesar das insistentes negativas de Wilson, minha crença na possibilidade de sair do corpo, caso me concentrasse pra valer, era algo real e sincero.

E depois de contá-la a um amigo, Max, e de convencê-lo de que era possível — tinha que ser possível! — essa possibilidade tornou-se na minha cabeça uma coisa real e concreta.

Combinamos de nos encontrar nessa mesma noite na praça da cidade, cada qual ainda no seu quarto, após abandonarmos os nossos corpos.

O IRMÃO BRASILEIRO

Selamos o nosso pacto com a promessa de que faríamos tudo o que fosse necessário pra realizar esse intento. *Tudo o que fosse necessário* significava *não dormir*. Porque, por Zeus, a tentação do sono era quase insuportável!

Essa, a nossa determinação: não dormir.

Às vezes eu dormia. Ou imaginava dormir.

Contra toda a minha vontade, eu afundava numa inconsciência terrivelmente sedutora, plena de luxúria.

Creio que dormia.

Sim, sem sombra de dúvida eu dormia.

Dormindo, sonhava.

Em sonho, costumava encontrar o meu irmão, Lucas, nos lugares mais absurdos.

No saguão de um edifício fabuloso, de duzentos andares.

Numa praça surrealista, sob os galhos azuis de uma árvore altíssima, cercado de figuras caricaturescas: cães, aves, homens e mulheres de nariz grande, olhos saltados e cabelo multicolorido embaixo de um chapéu de veludo.

Outras vezes eu o encontrava numa estação rodoviária ou, o que era mais comum, já dentro do ônibus cercado de outros veículos, rodando pra lugar nenhum.

Viajávamos, é, eu na poltrona do corredor, ele na da janela, e o seu rosto resplandecia cheio da beleza mais intensa, iluminado pela luz do sol poente.

248 ALGUM LUGAR EM PARTE ALGUMA

De um lado, campos cultivados, algumas casas ao longe, um pedaço de bosque. Do outro, torres de energia elétrica, um descampado, nuvens.

Durante a viagem quase não conversávamos. De qualquer maneira não havia muita coisa a ser dita. Ele era o meu irmão mais velho e eu o respeitava. O que mais podíamos querer nessas ocasiões?

Ele ia sempre em frente, a mochila constantemente pronta pra uma nova partida. Eu simplesmente o seguia, feliz por estar ao seu lado, satisfeito por estar a caminho, não importando pra onde.

Viajávamos, eu com treze anos, ele com quinze, ouvindo Ravel nos nossos walkmen.

Sim, Ravel.

Bolero, Daphnis e Chloé, Pavana para uma infanta defunta. Coisas assim.

Ouvíamos Ravel com atenção, reverência e devoção, como quem ouve pela primeira vez o som arquetípico dos antepassados. Afinal estávamos nessa idade em que alguns moleques deixam de ouvir Pink Floyd e Led Zeppelin, ou apenas isso o dia todo, e começam a curtir, encantados, o *Bolero*, ou *As quatro estações*, ou a *Quinta sinfonia*, felizes da vida, achando que estão ouvindo música erudita. Mas não estão.

Não sabem, não têm como saber que a música erudita é muito mais do que isso.

Mas que importa?

Viajávamos quase sempre sem dizer palavra, absortos.

Às vezes conversávamos.

Sobre livros, às vezes.

Lucas, contra o fundo iluminado, virando as páginas de um dos muitos livros que costumava levar aonde quer que fosse.

O país de outubro. O país constituído, de um modo geral, de porões, salas escuras, catacumbas, carvoarias, sótãos e despensas que jamais recebem a luz do sol. O país cujas pessoas são pessoas de outono, que pensam tão-somente pensamentos de outono, que falam apenas palavras de outono. Cujas pessoas, ao passarem à noite nos caminhos vazios, emitem ruídos de chuva.

O país de outubro, às vezes.

Na maior parte do tempo, *As crônicas marcianas.*

Ou *Fahrenheit 451.*

Ou *Os frutos dourados do sol.*

Livros e mais livros.

Lucas, uma silhueta bem definida, o cabelo negro e curtinho um pouco acima dos olhos, contando pra mim os melhores trechos de cada um deles, falando sobre estrelas e máquinas maravilhosas, sobre a capacidade que certas pessoas têm de realizar o que, gerações antes, os outros haviam apenas sonhado.

Coisas desse tipo.

Ele falando, eu apenas escutando.

Eu o achava, nessas horas, um sujeito verdadeiramente esperto.

Inteligente mesmo.

Além de muito obstinado.

Ele falava de viagens a outros mundos, a mundos verdadeiros, ora demoníacos — a verdadeira personificação do mal — ora angelicais. Ele falava de paraísos terrestres e infernos celestiais, e de como alcançá-los, mas sem sofrer as mais graves conseqüências durante a tentativa.

E escutar alguém falando em viagens, viajando, era pra mim algo muito engraçado.

Tudo isso, somado, só fazia crescer em mim a admiração que eu sentia pelo meu irmão, pelos livros que ele lia, pela beleza do seu rosto recortado contra o fundo agora cor de sangue — uma explosão atômica —, agora cor de vinho, agora sem cor alguma, pois anoitecia.

Em sonho eu costumava viajar com o meu irmão.

Dois solitários lado a lado. Ele, ascendente. Eu, descendente. Dois capricornianos lado a lado.

Em sonho.

Sim, sem sombra de dúvida eu sonhava.

Normalmente não costumo lembrar dos meus sonhos. Mas jamais esquecerei, em particular, aqueles em que encontrei o meu irmão.

Jamais.

Jamais esquecerei, também, aquele em que revi Alice. Não, jamais.

Lembro de, ainda na cama, os olhos bem abertos, repetir pra mim mesmo, eu a amo.

Apenas isso.

Eu a amo.

Primeiro, baixinho, depois, cada vez mais alto. Porém não alto o bastante a ponto de chamar a atenção dos meus pais, no quarto ao lado.

Sim, foi um dos sonhos mais intensos de que me recordo.

Alice.

Como estava linda!

Em sonho, eu a via do alto.

Acompanhava os seus movimentos como uma câmera de tevê, ora me aproximando, ora me afastando, sempre com bastante suavidade, a imagem ligeiramente fora de foco como que pra realçar ainda mais o lirismo da cena.

Fazia uma manhã esplendorosa ao redor de Alice.

Havia um desfile. Havia uma banda tocando uma marcha empolgante. Havia bandeirolas, confetes e gritos de alegria.

Devia ser feriado nacional.

Eu, mesmo estando com os olhos fechados, enxergava as cores de maneira distorcida, muito contrastadas, quase primárias, azul, vermelho, amarelo. Enxergava-as assim, apesar de já ter ouvido falar que sonhamos apenas em branco-e-preto.

Sim, tenho certeza de que era feriado nacional.

Alice no centro da cena, num vestido azul, lindo, lindo, sorrindo como nunca vi ninguém sorrir igual, os dentes branquíssimos, os olhos eletrificados, as mãos como beija-flores, indo e voltando, Alice batendo palmas e saltitando ao ritmo da música.

E só.

Nenhum encadeamento de fatos novos, nenhuma trama mais elaborada.

Apenas Alice, ali, parada no meio de pessoas estranhamente familiares, numa aglomeração que era uma colagem tosca de cabeças, tórax, braços e pernas de pessoas reais, certamente vistas por mim na minha vida consciente, mas presentes no sonho apenas como figurantes, é, tão-só pra formar uma multidão de rostos e corpos que, se isolados uns dos outros, não teriam a menor importância.

Bandeirolas, cornetas e tambores.

No final, ao acordar, a grande conclusão: eu a amava.

Ainda hoje trago vivas na memória todas as sensações desse sonho: a luz difusa da manhã, a temperatura ambiente, o toque inefável da brisa, os sons dos instrumentos, tudo.

Impressionou-me nele, além da presença fulgurante

O IRMÃO BRASILEIRO

de Alice, a carranca grotesca dos músicos — provavelmente de uma banda militar — e do público. Pareciam maquiados para um baile de carnaval ou, pior, para uma apresentação circense. Vestiam roupas espalhafatosas, cheias de bordados e detalhes dourados.

Por que sentimos com tanta intensidade as ações absurdas acontecidas nos sonhos? Tudo não passou de um flash e, no entanto, ao acordar eu repetia pra mim mesmo, estupidamente contente com a minha descoberta: eu a amo.

Eu a amo. Apenas isso. Correção. Não apenas *estupidamente contente*, mas também cheio de coragem. Decidido a levantar da cama e, após engolir o café da manhã, correr pra escola, correr, voar, abrir todas as portas e portões e vencer o mais rápido possível os poucos quarteirões que me separavam do edifício baixo e atarracado do ginásio.

Decidido a encontrar Alice e dizer a ela antes mesmo do início da primeira aula: amo, amo, amo, quantas vezes fossem necessárias pra que ela compreendesse essa coisa tão simples e definitiva: eu a amava.

Porém minutos depois de sair da cama, no banho, eu senti os primeiros indícios de que toda essa coragem começava a se dispersar com a água.

Que diabos! Por que somos tão impetuosos, tão

decididos ao acordar, se pouco depois tudo começa a se esvair?

Alice em carne e osso.

Na escola, antes do primeiro sinal, dei de cara com ela no grande pátio coberto, ela, entre outras meninas, eu, ao lado de dois ou três amigos, e o simples fato de tê-la na minha frente, e de instantaneamente me lembrar do sonho dessa manhã, me fez enrubescer.

O seu rosto me pareceu tão lindo e fulgurante quanto o rosto irreal que estivera bem perto do meu, instantes antes, na cama.

Porém devagar fui dando as costas a ele.

Me sentia como um criminoso tentando ocultar um segredo terrível. Eu a amava, mas não queria que ninguém soubesse disso. Muito menos Alice.

Eu a amava de maneira enfurecida, doentia.

O meu corpo todo vibrava de desejo. Sem que pudesse ser de outra forma, eu ardia em febre. Me sentia contaminado por um vírus indestrutível, capaz de afetar todos os meus órgãos vitais, dos pulmões ao pâncreas.

Alice mexia com a minha religiosidade, com os meus intestinos.

Durante o dia eu sonhava acordado, tinha alucinações místicas horríveis, cujo símbolo recorrente era sempre o mesmo: uma espiral sem começo e sem fim.

Nas minhas piores horas eu me via escorregando na superfície de uma mola infinita. Escorregava em câmera lenta, como nos filmes, cheio de náusea, encharcado de excitação sexual. Desejava, porém sem jamais obter o objeto do meu desejo.

De repente, minha até então inabalável crença em Deus começou a oscilar.

Mas qual Deus?

Meus pais protestantes, membros da Igreja Anglicana: um Deus. Já eu cresci católico apostólico romano: outro Deus.

Outro Deus por opção. Principalmente pra me distanciar dos meus pais.

Pra me distanciar de Lutero, Zwinglio e Calvino.

Um Deus multifacetado, carente de adoradores, assim era o meu. Criador e destruidor, eu o respeitava, quando não o temia.

Contudo, pouco afeito a rezas, eu freqüentava mais a biblioteca da igreja ou a do seminário, nos arredores da cidade, do que as missas aos domingos.

Isso até conhecer Alice. Depois, já não me reconhecia em mais nada.

Passei a duvidar das narrativas bíblicas. Questionava tudo, da existência de Deus — dos deuses? — à real origem do universo.

Passei a entender o meu amor por Alice como um veneno diabolicamente injetado no meu organismo

256 ALGUM LUGAR EM PARTE ALGUMA

por uma criatura sádica. Esse amor me torturava, pedia pra ser explicitado. Mas como?

Deixei de freqüentar a igreja. Nada mais do que era realizado ali dentro fazia sentido pra mim. Ritual vazio.

Me afastei completamente do grupo de amigos, todos muito jovens, que se reunia às segundas no salão paroquial, pra conversar, cantar e se divertir.

Perdi a fé.

Nessa mesma época ocorreu um incidente muito significativo. Ele representou pra mim, de maneira clara e inequívoca, os contornos desse meu distanciamento do que até então eu vinha aceitando de bom grado como sendo a paternal figura do Criador.

Até então eu o amara com todas as minhas forças. Ele provocava em mim um sentimento profundo, misterioso.

Me aterrorizava a possibilidade de um dia ir habitar o inferno. Já a possibilidade de me hospedar na sua contrapartida, o paraíso, rejubilava-me.

Muitas vezes, na biblioteca da igreja, folheando uma tradução da *Divina comédia*, eu observara com profundo horror as gravuras que ilustravam os cantos sobre o *Inferno*.

Pavorosas.

Retratavam as formas mais hediondas de tortura que alguém poderia ter imaginado. Por sua riqueza de detalhes, pareciam representar uma região tão real do universo que, caralho, não poderia haver dúvidas da sua existência.

Com a entrada de Alice, tal sentimento mudou de qualidade.

Vi-o desfigurar-se, enfraquecer.

Tamanha foi a força de Alice sobre a minha existência que, agora posso ver com mais clareza, o incidente no banheiro da igreja acabou sendo a dissolução completa do meu vínculo, da minha ligação com Deus.

Tudo aconteceu numa única manhã.

Um grupo de veteranos estava organizando um churrasco num sítio a cinco quilômetros da cidade.

Cobravam quinze paus de cada convidado.

Durante a semana toda, no ginásio, vi a moçada indo pra lá e pra cá, todos excitadíssimos, correndo com os preparativos para o tal encontro no domingo.

Somente na sexta é que se lembraram de me convidar.

Não me importei com a falta de consideração.

Eu mal os conhecia. Não eram meus amigos.

Tudo bem. Abri a carteira, contei as notas e paguei sem reclamar. Ficou combinado que nos encontraríamos às seis horas, no domingo, numa das esquinas do Normand Park, atrás da igreja.

Pra minha surpresa, no sábado descobri que, apesar de também não fazer parte dessa turma, assim como eu Alice também iria ao churrasco.

Era a chance que eu tanto esperara, que tanto pedira ao Todo-Poderoso: um encontro fora dos muros intimidadores da escola, num território neutro, mais acolhedor.

Durante o churrasco faria tudo o que estivesse ao meu alcance pra me declarar a ela.

No domingo seguinte levantei da cama bem cedo, vesti um abrigo novo, verde-musgo, comprado havia poucos dias e, depois de um copo de leite com café, dei início a uma longa caminhada em direção ao nosso ponto de encontro.

A manhã estava fria e as ruas, quase desertas.

Um colchão de neblina espraiava-se no fundo do vale onde ficava o centro da cidade, deixando à vista apenas o topo das construções mais altas.

O sol havia acabado de nascer ao lado do Saint Mary Abbot's Hospital.

Desci sozinho os doze quarteirões que me separavam do parque, as mãos metidas nos bolsos do agasalho, os tênis rangendo e ecoando no vazio envolvente da ladeira.

Um pouco antes das seis, eu já estava sentado num dos bancos de concreto, esperando o restante do pessoal e a kombi que nos levaria até o sítio.

O desconforto com o frio devagar ia dando lugar a uma excitação gostosa, a uma ansiedade tênue e até agradável.

Seis e meia e ninguém aparecia.

O IRMÃO BRASILEIRO

Vinte pras sete e nada.

Detestava pensar na possibilidade de haver caído num conto-do-vigário.

Me irritavam ainda mais as pontadas que estava sentindo na extremidade inferior do abdome. Pontadas que, tendo começado minutos antes com largo intervalo entre uma e outra, tornavam-se mais e mais freqüentes com o passar do tempo.

Uma dor subterrânea, como se me torcessem as entranhas.

Então, um repicar repentino, distante. Um repicar picante. Um repicar que não estava vindo de dentro de mim, mas de muito longe, talvez do mundo dos mortos.

Eram quinze pras sete e o sino da igreja dava três toques curtos, secos, como sempre fazia para as frações: um toque para os quinze minutos, dois para os trinta e três para os quarenta e cinco.

Às minhas costas, atrás dos zimbros e dos eucaliptos-vermelhos, o prédio robusto da igreja local, imponente, faltando pouco mais de uma hora pra próxima missa, já não me perturbava tanto como antes. Parecia uma criatura solitária, grunhindo de fome, atolada entre as árvores. A cruz incrustada no topo da torre do relógio havia perdido o seu significado mítico.

Quando eu estava dentro, quando acreditava de verdade, não em todos, mas ao menos nos principais pontos das *Escrituras*, eu me perguntava, como é possível viver sem crer em alguma coisa?

Sem crer nesse exército invisível, retumbante?

Agora, fora, eu me perguntava, que tipo de gente é louca o bastante pra se meter aí dentro, de braços erguidos? Que pessoas são tão idiotas, tão incapazes de perceber o papel ridículo que estão representando? Que pessoas, que tipo de gente?

Gente vazia, fraca, solitária, imoral.

Porém eu ainda me preocupava, ainda parava pra medir as questões mais sérias do catolicismo. Eu ainda me preocupava. As questões da fé... Mas procurava não pensar muito nelas, pois era doloroso demais pensar.

Simplesmente adiava, talvez pra depois da minha morte, tudo o que dissesse respeito à minha própria morte.

Sete horas e ninguém ainda havia aparecido.

As pontadas, de tão próximas umas das outras, se transformaram numa dor aguda, ininterrupta.

Estava frio, eu estava irritado, e agora isso.

Meus intestinos estavam me matando.

Debrucei-me sobre os joelhos, apalpando com força os pontos onde a dor era mais aguda.

Curvado, durante algum tempo fiquei olhando a disposição em ziguezague dos cadarços dos meus tênis.

Comecei a suar frio. Um mal-estar insuportável.

Me sentia como se tivesse engolido uma lâmina de

O IRMÃO BRASILEIRO 261

estilete, cuja ponta fosse da boca ao intestino, passando por todas as regiões pelas quais os alimentos costumam passar, deixando a sua marca na parede de cada uma dessas regiões: boca, esôfago, estômago, duodeno, intestino delgado, intestino grosso.

Cortavam-me por dentro.

Sentado, a lâmina estacionava num só lugar e passava a fazer um só furo profundo e doloroso.

De pé, ela dançava, riscando de cabo a rabo uma grande área, produzindo arrepios e contrações musculares.

De repente, passei a temer que alguém chegasse. Não queria que me vissem nessas condições. Seria muito humilhante.

Pensava em me meter atrás de um arbusto, em resolver essa parada de uma vez por todas.

Quando criança eu costumava mijar atrás dos postes, das árvores nas calçadas, sem me importar se as outras pessoas estavam vendo ou não.

Por que não fazer o mesmo agora?

Não havia viv'alma na rua. De vez em quando um automóvel dobrava lentamente uma esquina, e só.

Qual o problema em cagar atrás de um arbusto perdido no meio de centenas?

Sentia muito frio. O meu corpo tremia, principalmente as pernas.

Meu cu latejava. Enquanto os intestinos forçavam

a massa escura pra fora, o cu, ao contrário, prendia-a com firmeza, impedindo a vazão natural que, eu sentia, se demorasse muito pra ocorrer iria provocar uma explosão.

Comecei a andar, desesperado.

Procurava algum estabelecimento, um bar, uma padaria, o que quer que fosse.

No silêncio das sete horas desse domingo, o primeiro domingo do outono, tudo estava fechado, nada se movia dentro dos bares e das padarias, nenhuma porta era erguida.

Eu andava apressado, apertando conscientemente o cu, comprimindo-o com todas as forças, com medo de sujar a calça do abrigo. Não queria cagar na calça. Estava morrendo de medo do papelão que iria fazer. Não queria mesmo cagar na calça.

A todo instante olhava na direção da rua. Depois na direção contrária. Olhava na direção do jardim bem cuidado, ao redor da igreja.

Costelas-de-adão, narcisos, miosótis, azevinhos, cinerárias-marítimas.

Onde me esconder?

Tinha medo de que me vissem.

Eu não era dessa turma. Tinha medo de que tirassem o maior sarro de mim, de que espalhassem a notícia na escola.

Não queria cagar na calça. Não mesmo.

O IRMÃO BRASILEIRO

Subitamente me vi sob uma marquise bastante conhecida.

Entrei num túnel escuro, também conhecido de longa data, um corredor estreito que me levaria a uma das portas laterais da igreja.

Eram sete e quinze e a porta que dava direto na sacristia estava entreaberta.

Centenas de vezes eu havia entrado por essa porta. Algumas vezes com a minha batina de coroinha embaixo do braço, pois iria auxiliar na missa. Outras vezes pras reuniões do grupo de estudos das segundas à noite.

Mas nessa hora tudo isso era passado.

Eu entrava na sacristia agora com outro objetivo.

Um objetivo menos altivo, menos nobre, mais dizedor dos meus reais sentimentos com respeito a essa instituição.

Dessa vez eu entrava aí como um conquistador.

Jeremias, o sacristão, estava lá, selecionando os discos com as canções evangélicas (adaptações de sucessos dos Beatles), que usualmente punha pra tocar durante a missa.

Duas senhoras estavam ao seu lado, conversando sobre coisas sem importância.

Parei na porta da sacristia e olhei pra dentro, como nenhum deles prestou atenção em mim eu não cumprimentei ninguém.

A porta do pequeno banheiro ficava no fundo do corredor. Fui rapidamente até lá.

264 ALGUM LUGAR EM PARTE ALGUMA

No minuto seguinte eu me desfazia em merda, as pernas levemente cruzadas, as mãos nos joelhos, a cabeça um pouco pendida, sacudida por calafrios.

Me desfazia numa pasta malcheirosa, pegajosa.

No final, me senti como devem se sentir as jovens mães após o parto: exausto, desanimado, melancólico, feliz.

Demorei muito pra me limpar.

Meu cu ardia.

Os pedaços de papel iam, limpos, e voltavam escurecidos, muitas e muitas vezes. Parecia piche. Quanto mais eu me limpava, mais borrava minha bunda.

Havia merda por toda parte. As paredes internas da privada estavam imundas, cobertas de grossa camada de lama, chocolate, excremento. O pequeno banheiro fedia.

Mas não havia água na caixa d'água.

Puxei o cordão da descarga e nada aconteceu.

Tornei a puxar e tudo o que senti foi uma fisgada leve, insignificante, vazia.

A casa de Nosso Senhor Jesus Cristo estava sem água.

O cu ainda queimando, tornei a me vestir e a dar a descarga. A cada novo puxão, um gorgolejo descia pelo cano de plástico, glóglógló, provavelmente o último esgasgo de um afogado.

Nesse cubículo quente e escuro eu me sentia humilhado.

Mais tarde, de volta ao banco da praça, cercado

O IRMÃO BRASILEIRO

pelos colegas da escola, aguardando a chegada da kombi, não podia deixar de pensar na surpresa que teriam, na igreja, quando abrissem a porta do banheiro.

Tomariam aquilo por uma brincadeira?

Uma molecagem pagã?

Impressionava-me, mais do que tudo, o verdadeiro significado do que havia acontecido. Se não fosse por esse banheiro, por essa igreja, o desfecho da história teria sido vergonhoso.

Eu não sabia se devia entender o ocorrido como uma despedida ou uma reconciliação, senão com a tradição católica, muito abstrata, muito fácil de ser posta em questão, pelo menos com o prédio da igreja enquanto receptáculo concreto, arquitetônico.

Não sabia.

Esteve ele, o prédio, presente num momento de extremo perigo.

Me ajudou.

Recolheu os meus dejetos — os meus piores pecados? — sem nenhuma objeção, de bom grado, diria até carinhosamente.

Eu não podia simplesmente dar as costas a isso.

Que mais devo dizer a respeito desse dia?

O churrasco transcorreu sem maiores problemas.

Digo isso porque, passado tão pouco tempo desde a sua realização, na verdade não lembro de quase nada a

266 ALGUM LUGAR EM PARTE ALGUMA

seu respeito. Nem do nome da moçada que compareceu nem da localização precisa do sítio.

Nada.

Lembro apenas que Alice não foi.

Algumas das suas amigas comentaram que ela não estava se sentindo bem na noite anterior. Um mal-estar súbito após o jantar.

Cólicas, disseram.

Porém, que merda!, mais uma vez me confundo, esqueço os fatos mais importantes, me perco nas minhas próprias lembranças.

Não era exatamente sobre isso que eu queria falar. Não. Que importância tem esse churrasco?

Alice, o meu irmão, os malditos garotos do churrasco.

Por que me esforço pra trazê-los à vida quando há tantas coisas mais agradáveis, mais instigantes em que pensar?

Sem sequer desejar, eu os vejo todos os dias nos mais diferentes lugares, pois são como sombras, como fantasmas foragidos de um país que eu gostaria realmente de esquecer, me seguindo aonde quer que eu vá.

Chega.

Não me esforçarei mais.

Não quero mais pensar sobre isso.

Mas sobre Alice, talvez.

O meu irmão.

Eu os amo. Sim, por isso penso neles mesmo quando não quero.

Não.

Que valor têm as minhas recordações afinal?

A verdade é que eu estava pensando nelas como um bloco sólido e indivisível. Não como um apanhado de cenas isoladas, não como um mosaico, uma colcha de eventos sem nenhuma ligação uns com os outros. Pra ser mais claro estava pensando na contradição que há entre o que eu lembro e o que de fato aconteceu.

Quero dizer, faz dez anos mais ou menos que as coisas têm andado muito confusas.

Dez, não. Vinte. Vinte anos.

Mas isso eu já disse antes.

Estou me repetindo.

Às vezes sinto como se eu tivesse duas vidas. Duas vidas simultâneas. Cada qual numa região diferente do país, separadas tão-somente por algumas dezenas de quilômetros. Ou em regiões diferentes do mesmo continente, não sei.

Como se houvesse outro eu.

Ele lá, eu aqui. Apartados fisicamente, porém ligados por recordações semelhantes.

Como se um acontecimento muito importante, um acontecimento sobre o qual pudéssemos dizer: mágico!, cheio de euforia ou de medo, ocorrido talvez na infância, viesse a desencadear um processo quase telepático, fazendo com que compartilhássemos ao mesmo tempo os mesmos sentimentos, as mesmas reações.

Um mergulho no riacho — o primeiro mergulho no riacho —, um beijo — o primeiro beijo —, uma briga na saída da escola, uma pedrada, uma queda de bicicleta, um susto, uma alegria. Tudo isso seria vivido por nós dois sincronizadamente.

Estarei sonhando? Talvez.

Sinto isso porque — e agora o que antes me deixava em pânico já não me causa mais uma impressão tão forte — lembro de fatos relacionados com pessoas e lugares que na verdade nunca existiram. Alice é uma delas. O meu irmão também.

Nunca tive um irmão.

No entanto, o seu rosto, a sua voz, o seu modo de se vestir, de andar e mexer as mãos, os seus livros e os seus discos, os seus maravilhosos elepês, tudo o que se refere a ele consiste em imagens vívidas, incrivelmente reais.

Estou me repetindo?

Creio que sim.

Quando abro a janela do meu quarto.

Não. Não é isso o que eu quero dizer.

Tudo acontece antes mesmo de eu abrir a maldita janela.

Antes mesmo de abrir a janela posso ver claramente, como se os meus olhos pudessem ir além da madeira de que ela é feita, o que irá descortinar-se em seguida.

Vejo do outro lado um muro baixo, de concreto, coberto de hera e de pequenas flores brancas, lindas flores brancas, branquinhas, por toda parte, o céu esplendorosamente azul no topo desse muro, uma paineira de vinte metros assombrando a cena do outro lado, o cheiro forte e contagiante de folhas, de terra, de insetos tostando ao sol, pois é verão e o verão costuma proporcionar dias magnificamente infernais, quem há de negar?

Antes de abrir as duas folhas da janela, antes de me debruçar no parapeito, eu vejo à esquerda a ponta do teto do alpendre, à direita dois coqueiros enterrados num canteiro, acima, um pouco oculto pela paineira, pelas flores rosáceas da paineira, um pedaço da casa vizinha, um pequeno pedaço da parede vermelha da casa vizinha, visível entre o muro e o céu azul.

Porém ao abrir a janela o que de fato há é uma paisagem muito diferente.

Vejo agora um jardim tímido e esquálido, um muro baixo, de tijolos à vista, uma rua salpicada de folhas secas, estreita, com muitos carros encostados no meio-fio, depois da rua dezenas de casas de três andares, também estreitas, pequenas como casinhas de boneca, dispostas uma ao lado da outra, muito bem arrumadinhas, todas da mesma cor, cinza e pálidas, as janelas cuidadosamente fechadas, um ou outro cipreste mirradinho, mirradinho na frente, o céu branco e sem vida, nenhum cheiro, nenhum perfume, nada.

Que pessoas são essas que vão pela rua, falando inglês, sempre o maldito inglês, abrindo passagem no ar como um minerador que cavasse um buraco no sopé de uma montanha, que mulheres são essas, que homens são esses, vestindo paletós escuros e pesados, alguns usando até cachecol, a cara amarrada, o corpo encurvado?

São estranhos, estrangeiros, seres de outro planeta. Não os conheço. Não me reconheço neles. Não vejo em mim nenhuma semelhança com essa gente.

Antes de escancarar a janela, uma paisagem vermelha, quente, tropical.

Depois, uma realidade que não é a minha realidade, que não pode ser, que odeio e da qual tento me livrar o tempo todo, uma realidade que por mais que eu despreze está sempre aí em frente, dos lados, atrás.

Londres, com todo o seu esplendor antiquado, gasto, frio.

Cadê as pessoas de corpo volátil, exalando cheiro forte, falando uma língua cheia de reentrâncias, cheia de idas e vindas, a pele coberta de suor, cadê as pessoas que passam na mesma calçada, mas não é a mesma calçada, é a calçada dos meus sonhos?

O IRMÃO BRASILEIRO

Não estão em Notting Hill. Definitivamente não.

E, no entanto, não é aqui que irei reencontrar a igreja, a minha igreja, os meus amigos, Lucas, Alice. Simplesmente porque não estão aqui.

Estão nos meus freqüentes sonhos.

Numa cidade que não é esta cidade.

Numa cidade pequena, composta de cores quentes, ululantes, no interior de um país fumegante.

Um país possuído pelo fogo. Há muito tempo possuído pelo fogo.

Onde toda sombra — diferente d'*O país de outubro* — em vez de se esparramar livremente pelo chão sempre polido, sempre bem cuidado, afunila-se, ondula, volatiliza-se sobre um piso de pedra, áspero e embrutecido.

Nesse país, plantas e gente e suor e cores e um céu azul de dar medo.

Onde fica, qual o seu nome?

Não sei.

Talvez nunca venha a saber.

Certa vez, há muito tempo, eu tive um sonho cuja brevidade e clareza foram impressionantes, fundamentais pra decisão que eu viria a tomar depois disso.

Há muito tempo? Não.

Ontem.

Anteontem, creio eu.

Um pesadelo que me sufocou. Um delírio capaz de gelar o sangue.

Dele participaram os meus pais ingleses.

Tenho problemas com o meu pai.

Com o meu pai inglês.

Tenho problemas com a minha mãe também.

Junto deles, sinto como se fizesse parte de uma novela policial.

Quem é o criminoso? Quem é a vítima? O mordomo, onde está?

Difícil precisar.

Mas sinto que estou me repetindo mais uma vez.

O fato é que as nossas diferenças, o que separa os meus pais ingleses de mim, me sufocam.

Discutimos com muita freqüência. Nessas ocasiões dizemos palavras duras, ásperas.

Nos magoamos mutuamente.

Às vezes eu saio de casa batendo portas, batendo o portão, xingando.

Às vezes é o meu pai que se comporta dessa maneira.

A minha mãe, qualquer que seja a situação, qualquer que seja o protagonista da fuga, permanece no corredor, ou na sala, debruçada no sofá, às vezes pensativa, às vezes com o rosto ensombrecido e vazio, às vezes chorando.

Porém no sonho essa cena patética não torna a se repetir, pois uma fina camada de humor, como o verniz que recobre e protege as grandes obras dos principais mestres da pintura, impede que a situação descambe para o melodramático.

No sonho ambos estão tomando chá numa pequena mesa pra dois, no jardim de casa, vestidos, como não podia deixar de ser, igual ao rei e à rainha de copas: coroa, cetro, fivela dourada, capa vermelha, mangas bufantes em tons laranja.

É, vestidos como o rei e a rainha malucos de *Alice no país das maravilhas*.

O rosto franzido, caricaturesco, os dois discutem calorosamente sobre os temas mais banais: a nova coleira do poodle, a pintura gasta da parede da cozinha, a mancha úmida no teto do banheiro.

Também falam a meu respeito.

Ouço o meu nome ser pronunciado de várias maneiras, algumas engraçadas, outras não.

Coaxam, como sapos num banquete, por que ele diz isso, por que ele diz aquilo, o que é que ele quer dizer com deixem-me conduzir a minha própria vida em paz, o que ele quer dizer com isso, deixem-me conduzir a minha própria vida, diz ele, que diabos, quem é que está dizendo a ele pra ser de outra maneira, você, eu?

O meu pai resmunga, grita.

Os olhos da minha mãe estão azuis, perigosamente serenos.

Apesar do perigo, o meu pai continua gritando

dentro desses olhos, dentro desse rosto rosado, propositadamente contido.

Num determinado momento tudo desaba.

Num determinado momento, como uma palavra que fugisse do controle, como uma frase proibida que jamais poderia ter sido pronunciada, que inevitavelmente acabasse por sair da boca desse que um dia prometera a si mesmo jamais pronunciá-la, uma frase que exigisse ser decifrada imediatamente, eu escuto.

Uma frase, uma sentença. De maneira imprecisa, pega aos pedaços, aí está. Eu escuto o que nunca poderia ter escutado.

Escuto o meu pai dizendo à minha mãe:

Esse rapaz. Não o compreendo. Tem de tudo. Nada lhe falta. Então por que se comporta assim conosco? Nunca devíamos tê-lo trazido. Nunca.

Realmente não sei em que ocasião essas palavras foram ditas.

Essas palavras foram mesmo ditas?

Penso que sim. Caso contrário não fariam parte da minha vida.

Mas quando? Num sonho?

Às vezes lembro de uma briga feia durante uma viagem de carro a Devon.

Lembro, como se fosse ontem, do meu pai dizendo, por que você não cala a boca está sempre dizendo que

O IRMÃO BRASILEIRO 275

o obrigamos a fazer isso que o obrigamos a fazer aquilo será que não podemos sequer viajar em paz?

A paisagem passando monotonamente pela janela lateral, nada de interessante deste lado, nada de interessante daquele lado, o meu pai falando falando falando como um monge tibetano que entoasse um mantra infinito.

Outras vezes lembro da mesma briga, não durante uma viagem, mas sim durante um passeio pelas cercanias do Leed Castle, num piquenique.

Por que você não cala a boca está sempre dizendo que o obrigamos a fazer isso que o obrigamos a fazer aquilo será que não podemos sequer caminhar em paz, o meu pai seguia dizendo por uma trilha tantas vezes palmilhada.

Outras vezes lembro da mesma briga, não durante um piquenique, mas sim durante um aborrecido, sem graça e humilhante jantar de família num restaurante qualquer.

Por que você não cala a boca está sempre dizendo que o obrigamos a fazer isso que o obrigamos a fazer aquilo será que não podemos sequer jantar em paz, o meu pai me dizia, colérico, diante de todos.

Nunca devíamos tê-lo trazido. Nunca.

Em que ocasião essas palavras foram ditas?

Que significam de fato?

Lembro da expressão de terror no rosto da minha

mãe, nos seus olhos azuis, quando o meu pai disse isso diante de mim.

Nunca devíamos tê-lo trazido. Nunca.

Mamãe perdeu a fala, o seu corpo murchou como um balão furado.

Papai não disse mais nada.

Nesse dia também não tornou a me dirigir a palavra. Parecia acabrunhado, ferido no próprio orgulho.

Fechou-se em si mesmo, visivelmente envergonhado, como alguém que, sob tortura, depois de muitas horas não pudesse mais resistir e sem forças, no chão, fosse obrigado a pedir clemência aos seus algozes.

Durante muito tempo fiquei pensando o que poderia significar esse nunca devíamos tê-lo trazido.

Trazido de onde?

Referia-se ele ao passeio, ao local específico: a autoestrada para Devon ou o parque ao redor do Leed Castle? Ou o restaurante no centro da cidade?

Ou seria algo mais complexo, muito mais intrincado?

A partir desse dia eu passei a ouvir um repetido grito dentro da minha cabeça.

Um grito a princípio distante, quase imperceptível, que foi se aproximando pé ante pé, quebrando gravetos no caminho, fazendo-se cada vez mais presente, a ponto de me irritar, como uma pessoa indesejada e abelhuda que sem ser convidada começasse a mexer nos meus livros, nos meus discos.

Um gritinho de gafanhoto que dizia, revire baús, mexa na correspondência antiga, vasculhe o interior de bolsas e carteiras, escute atrás das portas.

Sem que desconfiassem me camuflei emocionalmente.

Ninguém em casa poderia afirmar com certeza o que ia na minha alma.

Também passei a tocar os objetos sem deixar marcas, a andar na ponta dos pés, a quase flutuar.

Palavras ditas ao acaso, em momentos diferentes, às vezes separadas por grandes intervalos de tempo, por meses até, de uma hora pra outra tornaram-se peças de um quebra-cabeça que exigia ser montado.

Eu as recortava e colava mentalmente, como costumam fazer os seqüestradores quando compõem seus pedidos de resgate, recortando e colocando pedaços de jornal numa folha em branco.

Assistia à tevê sem deixar de prestar atenção ao que acontecia no restante da casa.

Todo gesto era pra mim sintomático, dizedor de outra coisa qualquer.

Tudo era disfarce, meias palavras.

Os sonhos com o meu irmão foram ficando terrivelmente mais freqüentes.

Alice já não aparecia mais. Apenas o meu irmão.

Dois solitários lado a lado. Ele, ascendente. Eu, descendente. Dois capricornianos lado a lado. Nos sonhos ele me mostrava fotos de quando éramos crianças. Fotos em branco-e-preto, quase sempre. Nelas apareciam muitos dos amigos de que me recordava, pessoas que, como eu já disse antes, não havia a mais remota possibilidade de eu ter de fato conhecido. Quem são? Onde estarão?

Isso o meu irmão nunca me contou.

Hoje, aos trinta anos, atravesso um corredor bem iluminado, entre outros executivos também muito bem iluminados, em direção a um portão de embarque, o paletó numa das mãos, a pasta na outra, caminhando sem fazer ruído pois o piso é de borracha, as paredes são de plástico e ninguém fala com ninguém.

Um portão de embarque.

Vejo a ponta de uma asa, além da janela que vai crescendo à minha frente.

A ponta de uma asa. Depois a asa inteira.

Sigo pensativo na direção do portão de embarque, na direção de um país que me é estranho, do qual guardo algumas recordações muito fortes, poucas, eu sei, mas violentas, que me perseguem aonde quer que eu vá.

Os meus pais já morreram há muito tempo.

Os meus pais ingleses.

Mais uma vez me engano. Muito tempo, não. O

meu pai morreu há um ano. Faz apenas seis meses que mamãe morreu.

A sua morte foi solitária, terrivelmente triste.

Nos seus últimos dias não conseguimos dizer nada um ao outro, simplesmente porque eu não conhecia as mesmas palavras que ela, e vice-versa.

Houve um momento em que pensei que ela nunca morreria. Isso se deu numa das suas últimas noites, quando a minha mãe já estava bastante debilitada. Ela respirava calmamente, inspirando, expirando, inspirando, expirando, os vasos sangüíneos dos artelhos, dos pulsos e das axilas bastante relaxados, e olhando pra essa figura pulsante, inflável, eu não consegui deixar de pensar em Wilson, não mesmo.

O meu exorcista particular.

Mamãe moribunda, possuída pelo remorso, e eu.

Como não houvesse palavras entre nós, a noite passou assim mesmo, num negror vazio, com dez mil tique-taques e dez mil enroladas de cobertor.

Os meus pais ingleses. Alguém os chantageava.

Durante muito tempo os seus corações bateram mais forte do que o normal. Bateram ansiosos, apreensivos, histéricos, imersos na mais absurda melancolia, úmidos e tristes como se fosse sempre a meia-noite de uma noite muito longa.

Alguém os chantageava, de verdade.

Não, não era o mordomo imaginário do meu fantástico romance policial.

Alguém de carne e osso.

Cartas anônimas embaixo da porta. Telefonemas dentro da madrugada. Ameaças escancaradas.

Foram chantageados durante mais de duas décadas.

No fim, exaustos, em farrapos, desistiram de tudo.

Extorquidos, sim. Por alguém cujo nome eu nem sequer sei.

Antes de morrer, a minha mãe me confessou.

No hospital, debilitada pela pneumonia que a levaria, me confessou tudo.

Quando eu era muito pequeno, quatro, cinco anos, fui comprado de uma família brasileira.

Comprado? Não. Quero dizer, mais ou menos. Raptado.

Por uma empregada qualquer, a mando de sabe-se lá quem.

Comprado desse atravessador — a tal empregada —, embalado em papel de presente e trazido pra cá.

Quando eu era muito pequeno.

Hoje começo minha viagem de volta ao passado, em direção a esse garoto de quatro, cinco anos.

Na direção de um garoto que nunca cresceu.

Minto.

Aquele garoto tem hoje trinta anos, e apesar de tudo

continua morando lá, com a sua família de origem, na casa onde nasceu.

O seu nome eu não conheço. Talvez seja de fato Lucas. Não sei.

Nos meus sonhos eu o tomo pelo meu irmão. O irmão que nunca tive. Somos tão parecidos que me acostumei a tratá-lo por irmão.

Ele lá, eu aqui. Ele, ascendente. Eu, descendente. Crescendo separados.

Dois solitários lado a lado.

Lembro das coisas que ele viveu. Dois capricornianos lado a lado.

Lembro principalmente de Alice. A garota que ele amou.

Hoje sigo por um corredor muito bem iluminado e silencioso, deixando marcas de fogo por onde passo. Sigo, meias novas nos pés, os óculos escuros no bolso do paletó, na direção de Alice.

Não. Não só na direção de Alice.

Também sigo, em silêncio, na minha própria direção.

Sim. Após vinte e cinco anos eu caminho entre paredes de plástico, pra dentro das asas que me aguardam, sempre na minha própria direção.

E, santo Zeus, até nisso me repito.

Todos por um

Os três mosqueteiros eram, no final das contas, quatro. Minha opus de número 1, por razões que até Dartagnan desconhece, continua até hoje sendo interpretada por um quarteto. Em 1989, ao receber uma bolsa da Secretaria de Estado da Cultura, sob a orientação inicial do querido João Silvério Trevisan compus meu primeiro livro. A coletânea reunia quarenta e cinco contos que, depois de encadernados, ganharam o genérico título de *Fábulas*. Por que *Fábulas*? Talvez porque mágicas, cômicas, fantásticas, grotescas, fabulosas, essas narrativas curtas e longas. O trabalho concluído, é claro que seria impossível convencer um editor a publicar, num único volume, as quinhentas páginas de um autor estreante. Por isso essas fábulas foram separadas no berço. Parte delas venceu o Prêmio Casa de las Américas e saiu pela Companhia das Letras (*Naquela época tínha-*

TODOS POR UM   283

mos um gato). Outra parte ganhou o Prêmio da Fundação Cultural da Bahia e foi publicada pela Relume-Dumará (*Os saltitantes seres da lua*). A terceira parte, de contos curtos, saiu pela Ciência do Acidente (*Treze*). Hoje, graças ao esforço de Luciana Villas-Boas, finalmente a quarta parte destes filhotes pródigos, até há pouco inédita, acaba de ser transformada em papel encadernado. Com a publicação de *Algum lugar em parte alguma*, depois de quinze anos minha estréia está completa. Enfim, um por todos e todos por um.

Sobre o autor

NELSON DE OLIVEIRA nasceu em 1966, em Guaíra, SP. Escritor e mestre em Letras pela USP, publicou *Naquela época tínhamos um gato* (contos, 1998), *Subsolo infinito* (romance, 2000), *O filho do Crucificado* (contos, 2001, também lançado no México), *A maldição do macho* (romance, 2002, publicado também em Portugal) e *Verdades provisórias* (ensaios, 2003), entre outros. Em 2001 organizou a antologia *Geração 90: manuscritos de computador* e em 2003, *Geração 90: os transgressores*, com os melhores prosadores brasileiros surgidos no final do século XX. Ainda em 2003 editou com Marcelino Freire o número único da revista *PS:SP*. Foi um dos curadores dos Encontros de Interrogação, realizados no Instituto Itaú Cultural em 2004, e é um dos criadores da coleção Risco:Ruído, da editora DBA. Dos prêmios que recebeu destacam-se o Casa de las

Américas (1995), o da Fundação Cultural da Bahia (1996) e duas vezes o da APCA (2001 e 2003). Atualmente coordena, em várias instituições, oficinas de criação literária para escritores com obra ainda em formação.

Este livro foi composto na tipologia Minion,
em corpo 12,5/17, e impresso em papel
off-white 80g/m², no Sistema Cameron da
Divisão Gráfica da Distribuidora Record.

Seja um Leitor Preferencial Record
e receba informações sobre nossos lançamentos.
Escreva para
RP Record
Caixa Postal 23.052
Rio de Janeiro, RJ – CEP 20922-970
dando seu nome e endereço
e tenha acesso a nossas ofertas especiais.

Válido somente no Brasil.

Ou visite a nossa *home page*:
http://www.record.com.br